KB011780

장미가 쏟아지는 밤

장미가 쏟아지는 밤

유문자 수필집

bookin

책을 펴내며

언제부터인지 나는 매사에 자신감이 떨어졌다. 정성들여 무엇을 해놓고도 마음을 졸이곤 했다. 남들은 편하게 가는 길에서도 나는 자꾸 뒤를 돌아다보게 되었다.

소월의 시를 외우고, 롱펠로의 「에반제린」을 읽었던 소녀시절, 나도 아름다운 글을 쓰고 싶었다. 하지만 시도도 해보지 못하고 막연한 희망사항이라 여기며 살아왔다.

뒤늦게 글밭에 들어섰을 때도 그랬다. 어떤 글을 써야 할지 망설이고 있을 때, 글씨를 아는데 왜 글을 못 쓰느냐고 고故 임선희 선생께서 용기를 주셨다. 자상한 지도를 해주셨던 김종완 선생님은 나를 수필동네에 소개했다.

등단하고 3년쯤 지나, 이런저런 일로 펜을 놓았다. 훗날 그 이유는 핑계가 되었다. 나는 너무 게을렀던 것이다. 문우들이 출간한 책을 받아 들면 부러웠고 나 자신이 더욱더 위축되었다. 2년 전 봄, 한 문우로부터 그의 두 번째 수필집을 받았다. 첫 번째 수필집을 읽은 후 3년 만이었다. 진정성 있는 담백한 글에는 밑줄 그어가며 읽고 또 읽었다. 그때 나의 게으름에 후회가 들었다.

그는 나와 같은 해 등단했지만 나와 달리 꾸준히 글을 써서 벌써 두 번째 책을 낸 것이었다. 그의 소개를 받아 임헌영 교수의 '인문학 강의'를 듣기 시작했다. 허송세월하며 지낸 지 7년 만이었다. 젊은 사람들과 한 교실에서 공부하면서 처음에는 교재물이 많아 허둥댔고 오랫동안 귀가 닫혀서 말귀도 알아듣지 못했다.

강의를 통해 동서고금의 현인들을 만났고 나의 내면을 확장시킬 수 있었다. 뒤늦게 주변에서 좋은 인연들도 만나게 되었다. 차츰 내 생활에도 활력이 생겼다. 글을 다시 쓰고 싶은 마음이 생겼다. 노트북도 준비하고 인터넷도 다시 깔았다. 또 유한근 교수를 만나며 문학의 기초를 다지는 기회를 얻었다.

꽃 피고 새들이 지저귀는 푸르른 계절은 어김없이 찾아왔다. 계절 탓인지, 아니면 씩씩하게 한 걸음 내디딘 탓인지 요즘 나는 바쁘고 힘든 생활에도 기쁨을 느끼며 산다. 손자가 할머니는 왜 끊임없이 공부만 하느냐고 언젠가 물었다.

"공부는 거짓이 없어. 내가 노력하여 쏟은 만큼 그 결과가 나타난단다.”

“늙는 것은 아무나 할 수 있다. 재능이나 능력이 필요 없으니까. 하지만 ‘성숙’은 다르다. 변화 속에서 ‘기회’를 찾아야 하니까. 성숙은 선택이다.” 어느 책에서 읽은 구절이다.

한여름이 지나서 가을 곡식을 영글게 하는 것은 늦가을의 햇볕이다. 이 말은 나에게 ‘나이 탓하지 말고 지금부터라도 열심히 글을 쓰라’는 말로 들린다. 나는 고개를 끄덕였고 첫 수필집 준비에 열과 성을 다했다. 그럼에도 불구하고 마음 한 편으로는 허술하고 부족한 글을 발표한다는 점에서 두렵기만 하다. 공부하는 엄마를 좋아하고 지원해주는 아들과 며느리, 딸과 사위, 또 손주 넷에게 고마움을 전한다. 나에게 잘할 수 있다고 격려해주는 친구들도 고맙다. 그리고 내 손을 잡아주고 용기를 건네준 한복용 선생에게 고마운 마음을 전한다. 부족한 글을 한 권의 책으로 정성껏 묶어준 도서출판 북인에도 감사드린다.

귀한 시간에 부족한 내 글을 읽어주실 독자들께 온 마음을 다해 감사드린다.

끝으로 좋은 자녀와 건강, 그리고 공부할 수 있는 여건을 허락해주신 주님께 감사드린다.

2019년 10월에

유문자

차례

Part IV 고수를 만나다

Part V 어머니의 모습은

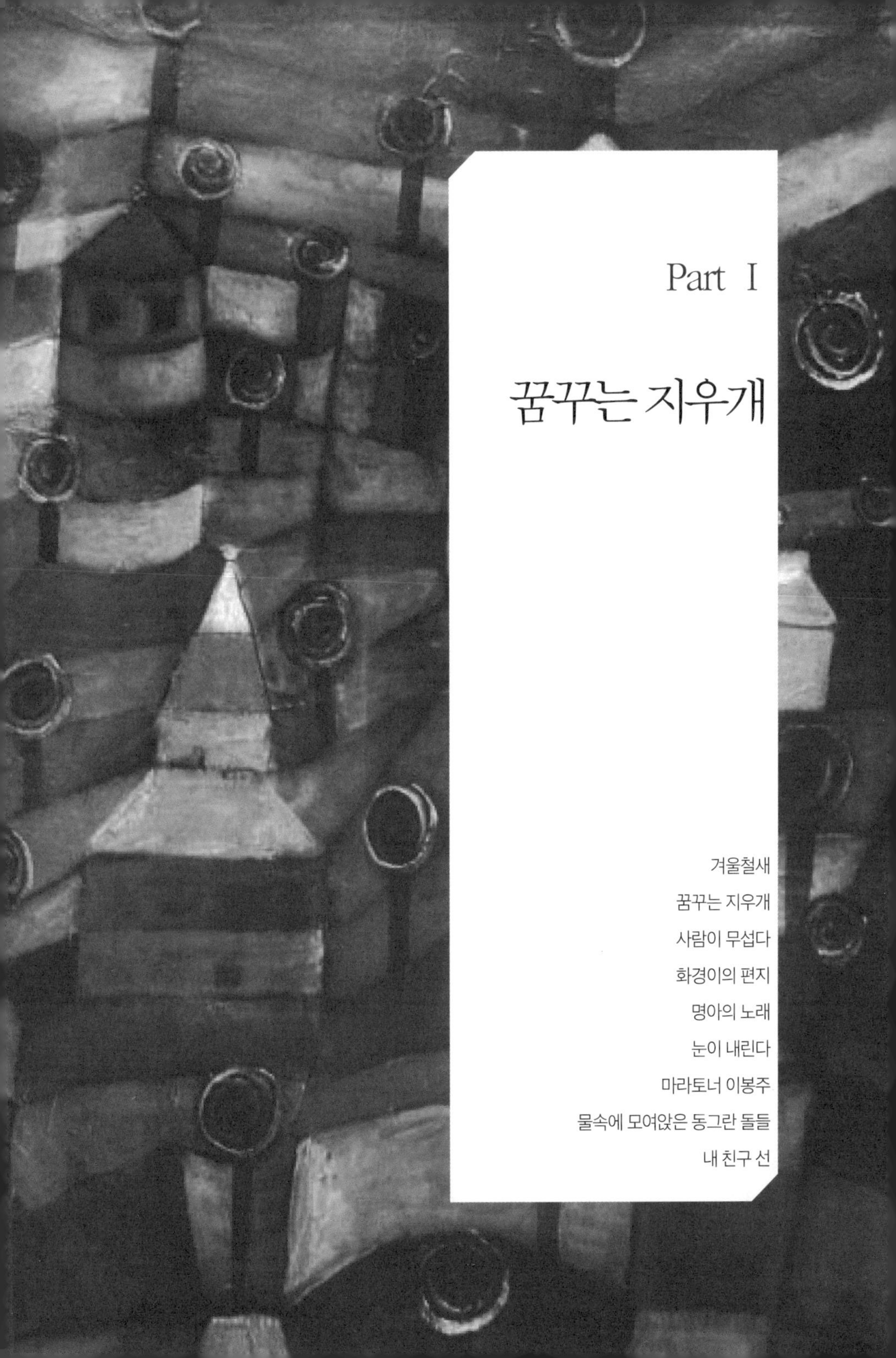

Part I

꿈꾸는 지우개

겨울철새

길가 생선진열대 앞에서 그가 활짝 웃고 서 있다. 보글보글 볶은 짧은 머리는 온통 빨갛게 단풍이 들었다. 햇살 때문인지 하얀 얼굴에 주근깨가 더 잘 드러났다.

“미국 사람 다 돼서 왔네요.”

“아이구, 잘 계셨어요?”

윤기 도는 피부에 반짝이는 눈과 마주 잡은 손에서 활기가 전해졌다. 근처 가건물에서 생선장사하는 그는 올봄에도 미국에 가서 여름을 나고 서늘해져서야 돌아왔다.

좁은 자리에 엉덩이를 바짝 붙이고 둘이 앉았다. 가스레인지에서는 주전자물이 김을 내뿜으며 끓고 있었다. 그는 커다란 컵에 믹스커피를 털어넣고 미국서 가져온 꿀가루라며 한 수저 푹 떠넣은 후 뜨거운 물을 부었다. 맛이 기가 막혔다.

“이거 내가 몇 년간 해온 솜씨여.”

커피 하면 자기 손맛 따를 사람 없다고 그가 큰소리를 쳤다. 뉴욕의 웨딩숍에서 다년 간 익힌 나름대로의 노하우라는 것이었다.

일찍 미국에 간 그의 시누이가 자리를 잡자 한국에 있는 형제들을 초청했다. 1980년대 말 남편이 먼저 그곳으로 갔다. 생선장사하던 그는 1년 후 집을 세놓고 아이들과 함께 미국행 비행기에 올랐다. 영어를 못하니 그는 낯선 타국에서 벙어리 신세였다. 신문의 구직광고를 보고 한국인이 운영하는 웨딩숍을 찾아갔다. 여사장은 그를 채용했지만 쉰이 낼모레인 그에게 주방일은 고됐다. 한 주가 지나고 첫 급료로 300달러를 받았을 때 생각보다 큰 액수에 놀랐다. 더더욱 열심히 일하자 사장은 급료를 올려주었고 그의 생활은 차츰 안정되었다.

그동안 아들 넷은 학교를 졸업해 취업했다. 가족에겐 영주권도 나왔는데 하필 그에게 우울증이 왔다. 향수병이었다. 그는 사장의 만류를 뿌리치고 기어이 귀국했다. 꼭 7년 만이었다. 한국에 돌아와 물 만난 물고기처럼 다시 생선장사를 시작했다. 남편도 뒤따라 들어왔지만 1년 후 병으로 세상을 떠났다.

뉴욕에 사는 아들이 이곳저곳 구경시켜줬다고 자랑을 늘어놓기에 짓궂게 한마디했다.

"7년씩이나 미국서 살았다며 그때 다 못 본겨?"

"그땐 자식새끼랑 살려고 정신없었어. 일버럭지였재. 여긴 과외다 뭐다해서 애들 교육 땜에 갔는디 돈 버느라고 세빠지게 고생만 했어. 지금은 그때랑 반대여. 그냥 놀러가는 거지. 한국같이 살기 좋은 데는 세상에 없어. 천국이 따로 없당께."

말이 고팠던지 쉴 새 없이 이야기를 쏟아낸다.

"이번에는 지하철 타고 가고 싶은 곳은 다 댕겼어."

"혼자 무서워서 어떻게? 영어라곤 오케이, 노, 땡큐밖에 모른다며."

"내가 누구여, 노량진 수산시장 누비며 생선장사하는 아줌씨 아닌감? 내가 미국말 못하는 거나 지들이 한국말 못하는 거나 뭐가 달라."

자신감에 찬 그의 말을 들으면서 고무함지박 물속에서 신나게 거품을 불어대는 게를 들여다보았다. 게장을 담고 싶었지만 모두 수게였다. 그가 내 속을 놓치지 않고 읽었다는 듯 팔을 잡아당긴다. 나는 시큰둥했다.

"게장은 암놈으로 담가야지 알도 꺼내먹고 게딱지에 밥도 비벼먹지."

산란기에는 나라에서 암게는 못 잡게 한다며 그가 게 한 마리를 꺼내 들었다.

"봐. 게가 무끈하지? 살이 꽉 찼어. '가을은 남자의 계절'이라고 하잖남. 그 말은 이 수게 땜에 생겼당께. 요새 게찌개 참 맛나. 게장은 봄에 담는 거요."

"뭐, '가을이 남자의 계절'이라는 말이 수게 땜에 생겼다고? 순전히 저런 식이지. 갖다붙이기는 참…. 찌개나 해먹게 1kg만 줘요. 전어도 좀 주고."

그는 얼음 채운 스티로폼 상자에서 전어 댓 마리를 꺼냈다. 전어를 통나무 도마에 올려놓고 손질하면서, 가시가 많으니 잘 씹어 먹으라며 잔 칼집을 낸 전어에 소금 한 줌을 뿌렸다.

"나는 이 생선 비린내를 맡아야 해. 이 냄새 안 맡으면 못 산당께."

그때 앞치마를 두른 여자가 급한 걸음으로 들어와서 굴비를 달라고 하자 냉장고에서 굴비 한 두름을 꺼내주고는 공책에다 적었다. 여자가 나가자마자 말했다.

"요 앞 식당인데 벌써 세 두름째여. 굴비가 아주 맛있으니 한 두름 들여가요."

내가 좀 망설이자 그는 선반에서 손바닥만 한 계산기를 집어들었다.

"웬 계산기여. 0.1초면 계산이 끝날 건데 뭘 계산기씩이나."

"이게 정확혀. 둘째가 사줬당께. 내가 뭐 더하기 빼기도 못할까봐 이런 걸 다 사주는지 원. 꽃게 2만 원, 굴비 3만 원. 또 전어…."

"내가 언제 굴비 산다고 했남?"

"암말 말고 가져가요. 백화점 들어가는 거야. 이것봐 알이 한 사발 들었당께."

그가 엄지로 조기의 배를 살짝 누르자 누런 알이 삐져나왔다.

밤에는 고정적으로 오는 트럭에 팔다 남은 생선을 싣고 신풍역 근처 자기 집 앞에서 좌판을 벌인다고 했다. 왜 그렇게 힘들게 사느냐고 물었다. 이게 다 '9·11테러' 때문이란다. 뉴욕 맨해튼 월가 근처에서 샌드위치 가게를 하던 큰아들의 꿈은 9·11테러와 함께 무너졌고 수만 리 밖 생선장사에게도 여파가 미쳤다. 그는 은행에서 빚을 내어 아들의 재기를 도왔고 드디어 5년 만에 그 빚을 다 갚았다며 한숨을 쉬었다.

"이래봬도 내가 미국을 구한 사람여. 우리 아들은 미국시민이거든. 내가 망한 것 살려놨어. 그 빚을 다 갚으니까 날아갈 것만 같어. 새 달부터는 낮에만 장사할라요."

그의 목소리는 한층 고조되었다. 이번에 아들이 장사했던 곳도 가봤다고 했다. 쌍둥이 빌딩이 있던 곳에서 아주 가깝다며 아들이 죽지 않은 건 하늘이 도와서라고 했다. 그는 미국에 친척이 일곱 집이나 있다면서 미역, 김, 멸치랑 굴비를 갖다주면 무척 좋아해서 미국 갈 때 재고품은 다 갖고 간다고 했다.

"새끼들 보고자파 장사 안 되는 여름에 가는디 막상 가도 별게 아녀. 손자들 학교가고 며느리 일 나가면 혼자서 우두커니 앉아서 집만 지켜. 내가 집 지키는 개여. 떠나올 땐 다시는 안 간다고 혔지. 근디 봄만 되면 새끼들이 눈에 밟혀서 또 가게 돼. 늙으니께 이게 병이지 뭐여."

그는 천상 생선장사다. 미국에 산 7년을 빼고 젊어서부터 지금까지 거의 40년을 생선과 살았다. 세계 최고의 나라 미국. 청운의 꿈을 안은 선택된 사람들만 갈 수 있는 곳인 줄 알았다. 배움 없고 내세울 것 없는 사람들이 이웃집 마실 다니듯 가는 나라인 줄은 미처 몰랐다.

그러고 보면 세상은 뭐니뭐니해도 성실하게 자신의 삶을 일구어나가는 사람들에 의해 변하는 것 같다.

나는 한 곳에 정주하지 못하고 가을이면 수만 리를 날아와 생선을 만지는 그가 철새 같다고 하자 그가 웃으며 말했다.

"그래 맞아. 내가 철새야 철새. 훨훨 날아다니는 철새지."

그는 손질해 담아놓은 봉지들을 큰 비닐봉지에 쓸어담고는 덤이라며 바지락 한 봉지를 넣어주었다. 비릿한 바다 냄새가 그의 웃음소리와 섞이며 연신 나의 코를 간질였다.

꿈꾸는 지우개

내 책상서랍에는 투명 플라스틱 필통 하나가 있다. 필통 속에는 하나같이 볼품없고 꼬질꼬질한 지우개 여남은 개가 누워 있다. 오래 전 몸담았던 교실을 떠날 때 다른 물건 속에 끼어온 것이다.

수업이 끝나고 책가방을 쌀 때마다 빠뜨린 게 있나 아이들에게 자기 주변을 살피게 하지만 아이들이 떠나고 난 교실 바닥에는 언제나 연필, 자, 크레파스 등이 나뒹군다. 그것을 교실 뒤 '주은 물건통'에 담아놓으면 임자가 찾아가거나 짝이 갖다주기도 하지만, 지우개는 좀처럼 찾아가는 이가 없었다. 이렇게 하나둘 모인 것을 필통에 담아 교사 책상 위에 놓고 지우개 빠뜨린 날 사용하도록 했는데, 간혹 그것을 쓴 아이는 수업이 끝나기가 무섭게 도로 필통에 넣어두었다.

"너 가져도 돼."

"선생님, 지우개 집에 많아요."

이미 닳고 때 묻은 게 싫기도 하겠지만, 어쩌면 쓰다가 싫증나서 슬그머니 버린 것일지도 모른다. 비교적 값이 싸고 디자인과 색상이 다양해서 신상품이 나오면 손쉽게 장만하고 선물로도 주고받아 대부분 대여섯 개씩 가지고 다녔다. 지우개는 자그마하니 가볍고 말랑말랑한데다 집어던져도 소리가 나지 않아 갖고 놀기에도 만만했다. 시간이 지나면서 모양이 변하거나 닳은 지우개는 주인을 닮아갔다.

필통을 열었다. 다양한 모양에서 그들의 사연을 짐작한다. 본시 하얀 얼굴인데 꼬질꼬질해진 넌 운동장에서 흙먼지 뒤집어쓴 땀범벅이 개구쟁이, 콩알만 하게 닳은 너는 노트를 깨끗이 정리한 주인공이겠지. 보라색 줄무늬가 한쪽으로만 닳은 네게서는 정성어린 생일 초대장을 쓰곤 했던 해맑은 소녀의 마음을 읽는다. '콕콕콕' 연필심 자국이 난 지우개는 선생님께 꾸중 듣고 삐딱하게 돌아앉은 말썽꾸러기의 것. 너는 고 녀석의 화풀이 상대가 되었구나. 녀석, 누구일까?

동연이 얼굴이 떠오른다. 우리 반 개구쟁이 1호. 3월 말에 전학온 샌님 같은 그 아이는 며칠 안 가서 본색을 드러냈다. 시도 때도 없이 코미디언처럼 남을 잘 웃기고는 시치미를 뚝 떼고, 잠시라도 내가 자리를 비우면 교실은 그로 인해 금방 난장판이 되었다. 쉬는 시간엔 이마에 금색종이로 초승달을 오려붙이고는 당시 TV 인기 프로였던 중국 드라마 '포청천'을 흉내내기도 했다.

"나는 포청천이다!"

어린 포청천은 코를 벌름대며 큰소리로 교실을 휘저었고 부관들이 그 뒤를 따랐다. 교실은 금방 웃음바다가 되었다. 잠시도 가만히 있지 못하는 그 아이를 나는 '징글벨'이라고 불렀다. 그밖에도 배추머리, 원숭이, 울보, 유식맨, 잡담맨…. 누가 붙인 별명인지 모르겠으나 모두 그럴 듯했다.

"올해는 유난하지요. 꿀꿀 돼지띠가 많아서 그런가봐요."

나는 옆반 선생님에게 농담을 건넸다. 어느 때보다 많이 웃었던, 기억에 남는 해였다.

지금쯤 동연이는 판사가 되었을까. 정수는 화가인 외할머니와 엄마 뒤를 이어 그림을 그리고 있을지도 모른다. 운동을 잘하던 원철이, 과학자가 꿈이던 석정이, 색종이를 잘 접던 우빈이, 뒤늦게 글씨를 깨우친 영이와 그 아이를 살뜰히 챙겨주었던 희수. 참, 지우개를 손으로 곧잘 뜯어내던 춘이는 지금은 엄마를 자주 만나며 좋은 시간을 보내고 있겠지?

소설가, 군인, 소방관, 축구선수, 교통순경, 피아니스트, 간호사, 선생님….

그들은 꿈을 향해 끊임없이 도전했을 것이고, 꿈과는 전혀 다른 방향으로 가 자신의 삶을 개척하고 있을지도 모르겠다.

"사랑을 쓰려거든 연필로 쓰세요/ 쓰다가 쓰다가 틀리면/ 지우개로 깨끗이 지워야 하니까."

가수 전영록의 〈사랑은 연필로 쓰세요〉라는 노래 가사가 퍽 재미있다. 지우개는 잘못 쓴 글씨만 지우는 게 아니라 상처받고 얼룩진 마음도 지우는가보다. ‘지운다는 것’은 다시 시작한다는 것. 포기하지 않고 도전하고 실천하는 용기이다. 그러고 보면 지우개는 ‘하얀 연필’이다. 그들이 윙크하듯 한쪽 눈을 살짝 감아준다면 상대방의 숨기고픈 실수와 마음에 남겨진 상처는 지워질지도 모르겠다. 그런 지우개가 있다면 좋겠다. 지우고 싶은 부분을 지우고 따뜻한 부분은 간직하며 아픈 이들을 보듬어줄 줄 아는 지우개.

연필심이 몸 한가운데 박힌 지우개를 발견했다. 족집게 끝을 지우개에 바짝 대고 연필심을 살살 돌려 확 뽑았다. 표면을 문지르자 구멍이 메워지고 깨끗해졌다.

“아팠지? 미안해!”

연필심이 빠진 지우개를 보니 목에 걸린 가시를 뽑아낸 것처럼 개운했다.

작은 필통은 우리 3학년 6반 마흔여덟 명 아이들과 내가 몸담았던 교실의 축소판이다. 함께한 아이들이 떠오르고 그날의 내 모습도 보인다. 때 묻고 닳아버린 볼품없는 지우개들은 오랫동안 없는 듯 있었듯이 앞으로도 그럴 것이다. 동심이 그리운 날, 가끔은 살며시 그곳으로 나를 데려다주기도 하면서….

사람이 무섭다

해질 무렵 승용차 한 대가 마당으로 들어섰다. 무릎 쪽이 찢어진 청바지를 입은 청년 둘이 차에서 내렸다. 한 명은 옥수수수염처럼 노란 머리칼에 무스를 발라 세웠고 다른 이는 야구모자를 푹 눌러썼다. 강아지가 꼬리를 흔들며 다가서자 이어폰을 귀에 꽂고 몸을 흔들던 노랑머리가 강아지를 발길로 걷어찼다. 깨갱갱, 강아지는 애처로운 비명을 지르며 텃밭으로 달아났다.

'이런 빌어먹을 놈이 있나.' 강아지가 안쓰러웠지만 그래도 부딪치지 말아야지 하며 애써 태연한 척했다.

"어떻게 오셨나요?"

일손을 멈추고 다가서자 나를 쓰윽 훑어보는 시선이 사뭇 불량스럽다. 외딴집만 찾아다니는 불량배가 있다더니, 순간 정신이 아찔했다. 나 같은 것은 있으나마나 한 허수아비로 취급한 채 마치 제 집이나 되는 듯 안쪽으로 들어서려는 낌새다.

"언제 여기다 집을 지은 거요?"

사뭇 위협적이다. 지금 집엔 나 혼자뿐이다. 남편은 친구들과 제주도에 가서 사흘 후에나 온다고 했다. 아들네는 시내에서 산다. 정신을 바짝 차리자. 호랑이한테 물려가도 정신만 차리면 산다고 했다. 설마 저들이 늙은 나를 어쩌겠나. 숨을 크게 들이마시고 정신을 가다듬었다.

야구모자가 집안을 향해 한 발을 내디디며 말했다.

"아이 배고파. 할머니 밥 좀 먹을 수 있어요? 점심을 굶었더니…."

나는 무서웠지만 놈들을 자극하지 않으려고 친절하게 대꾸했다.

"저런, 여태 점심을 안 먹었으니 오죽이나 시장할까, 한참 땐데. 아이 딱해라. 자 자, 어서 안으로 들어갑시다. 내 집에 온 손인데 얼른 밥 할게요."

나는 앞장서서 현관문을 열고 집안으로 들어섰다.

"여기 좀 앉아 있어요. 얼마나 시장할까?"

나의 연기력에 나 자신도 놀랐다. 거실 소파를 가리키곤 부리나케 주방으로 갔다. 우선 쌀을 씻어 밥을 안친 후 방마다 문을 활짝활짝 열어놓았다. 엉거주춤 서 있던 그들은 제 집처럼 이 방 저 방을 들락날락했다.

'뒤꼭지에 피도 안 마른 것들이 시거든 떫지나 말아야지. 차는 또 무슨 차여. 뭔 짓을 하느라고 여태 굶고 다닌겨.' 싱크대 위에는 아침에 긁어놓은 누룽지가 있었다.

"허기진 것 같으니 우선 이거라도 좀 들어볼래요?"

말이 채 끝나기도 전에 누룽지 대접을 가져가 걸신들린 듯 먹는다. 볼이 메지게 누룽지를 집어넣고 이 집에 누구누구 사느냐, 다른 가족은 언제 오냐, 둘이 번갈아가며 물었다.

할아버지는 어디 가서 오늘밤에 오고 아들 내외는 직장에서 좀 늦게 온다며 나는 천연덕스럽게 꾸며 말했다.

주방에서 밥을 하는데 거실에서 수군거리는 소리가 띄엄띄엄 들려왔다.

"허탕이야. 내가 오른쪽으로…."

"임마, 검문소… 배고파 죽겠네. X할."

'아, 숨어 다니는구나. 무슨 나쁜 짓을 하고 도망다니는 것인가. 혹시 훔친 남의 차인가? 아무것도 없는 우리 집에 온 걸 재수 없어 하는 것도 같고.' 가슴이 벌렁거려서 냉수 한 사발을 단숨에 들이켰다.

대충 상을 보고 밥그릇을 상 위에 막 올려놓는데 어느 결에 왔는지 야구모자가 상을 번쩍 들고 어디서 먹으면 되느냐고 물었다.

"밥은 따뜻한 데서 먹어야지. 안방에서 먹어요."

그가 상을 들고 안방으로 들어갔다.

밥을 조금 남겨 누룽지로 눌린 후 나는 방으로 들어갔다.

"찬은 없지만 많이들 먹어요."

나는 상 옆에 앉아서 호박나물도 뒤집어주고 고추조림도 먹어보라고 건네며 수다를 떨었다. 부엌 쪽에서 밥 눋는 냄새가 났다.

"아이고 내 정신 좀 봐. 눌은밥 해와야지."

밥솥에 물을 부어 만든 눌은밥과 숭늉을 쟁반에 받쳐 들어갔다. 그들은 수북이 푼 고봉밥이랑 한 그릇의 여분 밥도 뚝딱 비우고 반찬 그릇도 다 비웠다.

“많이들 시장했구먼. 눌은밥이 구수한데 좀 먹어봐. 반찬을 더 가져올 테니.”

“됐어요. 할머니.”

두 사람은 눌은밥까지 후루룩 해치웠다.

“아이 배불러. 잘 먹었습니다.”

노랑머리가 상을 번쩍 들어 주방에 내다놓고 돌아왔다.

“여기서들 TV 보고 있어. 아랫방에 불 때고 올 테니.”

산골의 밤은 일찍 찾아온다. 벌써 땅거미가 졌다.

아들이 가끔 와서 자는 아랫방을 대충 치운 후 이부자리를 펴고 아궁이에 불을 지폈다.

안방에 들어서자 그들은 잠이 그득한 눈으로 누워서 TV를 보고 있었다.

“밤이 늦었으니 저 아랫방에 가서 자. 방은 곧 따뜻해질 거야. 그리고 식구들한테는 비밀로 할 테니 내가 부를 때까지는 절대로 밖에 나오지 말고.”

그들을 아랫방에 데려다주었다.

후유, 나도 모르게 한숨이 흘러나왔다. 모든 게 꿈만 같다. 늘그막에 어쩌다 이런 일까지 당하나 싶었다. ‘지금이라도 신고를 해야 하나 말아야 하나. 그런데 뭐라고 신고하지? 모든 게 다 내가 자청한 게 아닌가. 전화를 걸어 아들 목소리라도 들어볼까, 아니지. 그 애 눈치가 보통이여? 전화하면 단박에 쫓아올 테고 그러면…. 에라, 가져갈 것도 없고 설마 지들이 뭘 어쩔라고.' 기나긴 밤 자는 둥 마는 둥 날이 훤하게 밝았다.

아침밥을 하고 느지막이 방문을 두드리자 얼굴을 빠끔히 내밀면서 식구들은 다 나갔어요? 그들이 속삭이듯 물었다.

"벌써 출근했지. 니들처럼 늦잠 자는 줄 아남? 할아버지는 볼일이 늦어서 오늘 오신다고 전화가 왔어."

밥맛나게 저 뒷산 한 바퀴 뻥 돌고 와서 아침을 먹으라고 하자 한달음에 산으로 올라갔다. 어제와는 달리 한결 밝은 얼굴을 보면서 나도 차츰 안정이 되었다.

설거지를 끝내고 마당에서 갈걷이를 했다. 그들은 강아지를 데리고 장난을 쳤다. 덩치만 컸지 초등학교에 다니는 내 손자랑 똑같다. 강아지는 발길질 당한 걸 잊었는지 그들한테 연신 꼬리를 흔들었다. 노랑머리가 다가와 뭐 시킬 것 있으면 시키라며 기웃거렸다.

"근디, 여긴 어떻게 왔어?"

"오솔길 따라왔는데, 여기가 막다른 곳이라서 들어왔어요."

"부모님은 다 계신감?"

"부모님은 일찍 돌아가셨어요. 학교도 다니다 말고 못된 짓만 하고 살았어요. 이렇게 사람대접 받기는 처음이에요. 저어 할머니, 나 여기서 살면 안 돼요?"

여기서 살고 싶으면 살라고 하자, 할머니 혼자라면 그러고 싶다고 했다. '너희들이 정에 주렸구나.'

하늘은 파랗고 바람은 시원한데 따가운 가을햇살이 마당에 널어놓은 갈건이 위에 길게 내려앉았다.

"할머니, 따뜻한 방에서 잠자고 따끈한 밥 먹고 고마웠습니다. 안녕히 계세요."

갈라고? 귀가 번쩍 뜨였다. 아들이라도 불쑥 오면 피치 못할 불상사가 생길 테고 스스로 떠나게 함이 상책이긴 했다.

"점심은 먹고 가야지. 빨리 밥을 할 테니 한술 뜨고 가."

장독에서 남편이 좋아하는 더덕장아찌도 꺼내고 있는 반찬 없는 반찬 정성을 다해서 한상을 차렸다.

그들이 밥을 먹는 동안 나는 집에 있는 돈을 다 긁어모았다. 그리고 장롱 속에 있는 금반지를 꺼냈다. IMF때 금붙이라는 금붙이는 다 내놨고 딱 하나밖에 없는 내 반지다. 잔정이 없는 남편이 어느 핸가 결혼기념일에 선물한 세 돈짜리 금반지는 내가 30년을 지녀왔던 것이다. 언젠가는 이것도 내 것이 아니게 될 게다. 나는 그들에게 반지를 주고 싶었다.

"내가 가진 돈이 몇 푼 안 돼. 차에 기름도 넣어야 할 텐데. 이 반지 갖고 가. 한 가지 부탁은 나쁜 데 쓰지 말고 꼭 좋은 데 쓰기를 바라."

반으로 접은 만 원짜리 몇 장 옆에 꽃무늬가 다 닳은 손때 묻은 반지를 밥상을 물린 그들 앞에 내놓았다.

"할머니, 왜 반지를요? 우리 나쁜 사람 아네요."

그들은 돈만 집어들었다. 그 표정에서 진심이 보였다.

"내가 주고 싶어서 그러니 가져가. 돈이 있으면 더 주고 싶지만 할아버지 사업이 잘못되어 이 산 속에 들어왔어. 벌써 3년째야."

나는 반지를 노랑머리 손에 꼭 쥐어주었다. 그들은 넙죽 엎드려 큰절을 했다. 노랑머리는 우리 집 전화번호를 적었다. 나는 햇밤 두어 되랑 고구마 몇 개를 봉지에 담아 차 안에 넣어주었다.

친구는 지난 가을에 있었던 일이었다며 담담히 말을 이었다.

산 속은 눈이 많이 와. 온 세상이 하얀 눈으로 덮이면 찾아오는 사람도 없어. 남편은 저 아래 마을 초입까지 넉가래로 한 사람 다닐 만큼 길을 뚫어놔. 가끔 산토끼가 먹이 찾아 산에서 내려오지. 창가에 쌓인 눈을 쓸어내고 여름에 먹던 보리쌀과 곡식을 뿌려놓으면 어디서 날아오는지 아기주먹만 한 새가 날아와서 쪼아 먹어. 그걸 보면 내 자식이 먹는 것처럼 이뻐. 고것들이 얼마나 이쁜지 몰라. 그런데 사람은 무섭더라고. 친구는 말을 마치자 나와 나란히 누웠다.

"외풍이 좀 있지? 처음엔 망한 게 부끄러워서 밖에 나가지도 않았어. 변한 인심에 견디기 힘들었지만 다 정붙이고 살게 마련이야."

"오랜만에 따끈따끈한 온돌방에 누우니까 참 좋네."

몸이 노곤했다. 나는 반수면 상태에서 그 젊은이들한테 소식이 있었냐고 물었다.

"아휴, 떠나고 1주일 후에 전화가 왔어. 착하게 살겠다고. 뭐 고맙다나."

친구의 목소리에 희망이 돌았다.

"바르게 살고 훗날 장가 가면 이쁜 자식이랑 색시랑 '내 집이다' 생각하고 찾아오라고 했지."

"늦둥이라고 생각하면 되겠네."

"늦둥이? 늦둥이 좋지. 졸지에 늦둥이 둘이나 생겼네. 그런데 이상하게도 그것들이 기다려져. 어떻게 지낼라나. 외진 산골에 사람이 나타나면 무서울 거라 생각했는데, 그게 아니야. 진짜 무서운 건 우리의 상상이 만든 것들이더라구. 어쩌니저쩌니 해도 사람한테 더 정이 가구 반갑구 그렇지, 뭐. 하하! 사람은 아름다워."

사람이 아름답다 한다. 역시 멋진 친구다.

산속의 밤은 깊어만 간다. 어느새 친구는 잠이 들었다. 코고는 소리가 깊은 산속을 가늘게 흔들었다.

화경이의 편지

편지를 읽는다. 시카고에 사는 제자 김화경이 보낸 편지다. 그녀는 목사 사모로 대학에서 강의를 하고 파크리치 한국학교 교장으로 활동 중이다. 동봉한 교지『새싹』을 읽으며 '한국학교'에 대해 알게 되었다.

'한국학교'는 얼굴 색깔이 같아서 느끼는 편안함 속에서 친구들과 선생님이랑 사랑을 쌓아가며 어린이들만의 'korean-American'의 문화를 창조하는 곳이다. 교과는 한글과 성경, 동요 등으로 주말에 4시간씩 공부한다.

이민 올 당시 영어를 전혀 못하던 아이가 몇 년이 지나면 거꾸로 우리말을 더듬고 영어가 유창해지면서 급기야 모국어를 잊게 된단다.

모국어! 우리 겨레의 위대함과 아름다움, 면면이 이어온 전통과 풍습, 고귀한 것들, 그 모든 재산을 영어가 아닌 우리글, 우리말로 이어받는다. 교회와 학교 일, 일인다역의 에너지 넘치는 활동을 하면서 무엇보다 모국어를 가르치는 그녀가 자랑스럽다. 나는 화경이한테 온 편지를 보물처럼 간직하고 있다.

뵙고 싶은 선생님께

#

저는 e-mail 할 초등학교 선생님, 제가 제일 좋아하던 선생님이 계시다는 게 행복해요. 조용하면서도 다정하게 말씀하던 모습이 눈에 선합니다. 방과 후에 우리들 몇 명 데리고『소공자』『집 없는 천사』등 책을 빌려주고 글짓기 지도를 하셨지요. 선생님께서는 아무것도 안 하고 지내는 시골뜨기 꼬마들에게 꿈을 심어주셨어요. 문단에 데뷔하셨다니 역시 선생님이세요. 축하합니다. 선생님 글을 빨리 보고 싶어요.

이번 교지『새싹』의 권두언을 '보고 싶은 선생님'으로 썼어요. 초등학교 3학년 때 선생님을 생각하면서, 훗날 저도 '보고 싶은 선생님'이 되기를 바라는 마음에서요. 어렸을 때 선생님이 무엇을 가르쳐주셨는지 생각나지 않지만 선생님께서는 늘 환하게 웃으며 제 이야기를 들어주셨어요. 그래서 저도 우리 학교 선생님들에게 단어 하나를 가르치는 것 이상으로 따스함과 편안함을 느낄 수 있도록 어린이들을 대하자고 합니다.

저는 전공을 살려 초등학교 안에 있는 유치원에서 어린이들을 가르치다가, 최근에는 수학을 공부하여 시카고 교외에 있는 Oakton Community College에서 수학을 가르치고 있어요. 유치원에서 어린이들을 가르칠 때보다 재미는 덜하나, 한편으론 일일이 신경을 쓰지 않아서 편해요. 미국에서 아이들을 가르칠 수 있으니 감사해요. 저희 애들은 자라서 집안일은 많지 않지만, 교회와 학교 일, 한국학교 일을 하면서 분주하게 지내고 있어요.

#

커피 한 잔 마신 것같이 빠르게 한해가 지나갔습니다. 어제는 한국학교 봄학기 종강식을 마친 후 어린이발표회를 했어요. 프로그램은 노래, 율동, 〈홍부와 놀부〉 연극이었어요. 연습 과정에서 너무 힘이 들어 내년부터는 그만두어야지 하다가도, 막상 발표회를 보면 계속하게 되어요. 홍부, 놀부, 놀부부인, 도깨비…. 어린이들이 자기가 맡은 역을 서툰 한국말로 감정을 표현하는 모습을 보면서 학부모님들도 감탄하고, 교사들도 보람을 느꼈어요. 이래서 어린이들을 가르치는 듯해요.

#

지난 주간에는 기도원에 갔어요. 한국 기도원과는 달리 미국 아이들이 캠프할 때 쓰는 수양관 같은 곳이에요. 수양관 앞에는 호수이고 뒤편은 숲이에요. 나흘 동안 혼자서 숲속 오솔길을 산책하고, 책 읽고, 성경 보고, 기도하면서 모처럼 조용한 시간을 보냈어요. 이제 심신이 가벼워져서 즐거운 마음으로 지내고 있어요.

#

선생님, 칠순 생신을 축하드립니다. 학교에서 가르치면서 열심히 사신 할머니, 어머니가 자랑스러운 잔치였겠지요. 항상 젊고 예쁜 모습이었는데, 할머니라니, 상상이 안 돼요.

방금 성적 제출을 하고 이번 가을학기를 끝냈어요. 연말에는 밀린 집 정리와 초대를 미루던 교회 식구들 몇 그룹과 저녁식사를 하려고 해요. 그래서 오늘은 배추와 무를 사다가 김치를 담갔답니다. 힘은 들지만 일하고 나면 마음이 훨씬 개운해져요.

#

연말과 연초에 다운타운에 사는 첫째와 둘째가 집에 왔고, 막내는 노스웨스턴대학에서 MBA 하느라고 학교 옆에 사는데 방학이라 모두 집에 왔어요. 보통 때는 아이들은 집에서 한 시간 떨어진 곳에 각각 살고 주일에만 교회 와서 잠깐 만나곤 해요. 연말연초가 되면 함께 지내서 좋기도 하지만 안 하던 음식을 하려니 힘이 드네요. 아이들이 크면 집을 나가서 사는 미국식이 편한 것 같아요.

#

이번 주부터 새 학기(봄학기)가 시작되어 5월 중순까지 수업을 해요. 이번 학기에는 제 강의에 청각장애인 학생이 처음 들어왔는데 수화하는 통역사가 함께 들어와서 수업을 해요. 한국 같으면 엄두도 못 낼 텐데, 미국은 장애인이 살기에 정말 좋은 곳이에요. 왠지 마음이 쓰여 저도 더 열심히 가르치게 돼요.

선생님처럼 저도 첫 아기 낳고 미역국이랑 밥을 여러 번 먹었던 기억이 나요. 정말 꿀맛이었어요. 저희 둘째딸이 아기를 낳았어요. 아기에게 모유만 먹여서 틈만 나면 제가 미역국을 끓여가지고 가요. 갈 때마다 아기를 안아주다보니 저는 벌써 사랑에 빠졌답니다. 내리사랑이란 말이 무엇인지 알 것 같아요.

#

남편은 작년에 목사 퇴임했어요. 골프도 치고 평소에 하고 싶었던 클라리넷도 배우고 있어요. 43년 동안 수고했다고 하나님께서 이런 좋은 시간을 상으로 주시네요. 미국은 한국과 달리 연회비 1,000달러 정도만 지불하면 주말을 제외하고 평일에는 언제나 골프를 칠 수 있어서 우리 같은 서민들도 골프를 많이 쳐요. 특히 은퇴한 한국노인들은 건강을 위해 골프를 많이 해요.

저는 은퇴하면 남편과 함께 클라리넷을 하려고 음악과에서 레슨을 받아요. 벌써 3학기째예요. 학교에서는 교직원이나 가족들은 무료로 수업을 들을 수 있어요. 새로운 악기를 배우는 일은 평소에 사용하지 않던 두뇌를 발달시키고 손근육(손가락) 운동을 하게 되어 노인 정신건강에 좋대요. 지난 학기말 발표회에서 남편과 듀엣으로 〈미뉴엣〉을 연주했어요. 전에는 아이들 발표회에 우리가 갔었는데 반대로 아이들과 손자까지 와서 큰 박수를 받았답니다.

제자 화경이와의 인연은 사범학교를 졸업하고 3년차, Y초등학교에서였다. 나는 3학년 담임을 했다. 교실이 부족해 강당을 칸막이해서 사용했는데, 우리 교실은 햇볕이 들지 않아 어두웠고 겨울에는 다른 교실보다 더 추웠다. 하지만 아이들을 사랑하는 내 마음은 한결같았다. 응석둥이 갈래머리 귀여운 아이가 내 곁에서 맴돌았다. 초롱초롱한 눈으로 나를 빤히 올려다보면서 "선생님~" 하고 부르던 예쁜 소녀, 그 아이가 화경이다. 화경이는 5학년이 되면서 온 가족이 서울로 이사했고, 사오 년 후에 나도 예산을 떠났다.

일인다역, 에너지 넘치는 그녀를 보면 젊었을 때의 내가 떠오른다.

지금도 메일을 주고받는 유일한 제자 화경이. 나를 기억해주는 제자, 그 제자를 그리워하는 나. 우리는 지금 같이 늙어가는 중이다.

명아의 노래

명아는 찻잔을 내려놓으며 말했다.

"커튼이 좌우가 바뀐 것 같아."

듣고 보니 커튼 중심에 있어야 할 수실 방울꽃들이 커튼 양 끝에 숨어 있다. 그젯밤에 아이들이 와서 커튼을 달아주고 갔는데 좌우를 바꿔 달았던가보다. 그녀는 식탁의자를 들고 창가로 갔다. 의자에 올라서더니 봉에서 클립을 하나하나 뽑으며 무거운 '자가드' 커튼을 떼어 좌우를 바꾸어 다시 달았다. 그런 후 주름을 가지런히 잡아 커튼 끈으로 감아 고리에 걸었다. 방울꽃들이 마주보며 곡선을 따라 쪼르르 피어났다. 명아는 산세베리아 화분 앞으로 가 잎을 잡아맸던 리본을 풀었다. 산세베리아는 탐스러운 머리를 늘어뜨린 우아한 아가씨가 되었다. 그는 싱크대 서랍까지 정리하고서야 자리에 앉았다. 그의 손길이 닿으면 어느 곳이든 새로운 모습으로 바뀌었다. 내 친구는 늘 그랬다.

부여초등학교 5학년 말에 전학을 가서 명아를 처음 만났다. 그는 학교 가는 길목에 있는 교회에서 살았다. 구한말에 강경상고를 졸업한 아버지는 만주를 오가며 사업을 하셨는데 명아가 아기였을 때 병환으로 갑자기 돌아가셨다. 어머니는 온갖 고생을 하며 4남매를 기르셨다.

음악시간이었다. 우리들은 목청껏 소리 높여 노래를 불렀다. 그런데 명아 목소리는 우리와 음색부터 달랐다. 아이들은 명아가 잘난 체한다고 입을 삐죽였다. 나는 제발 명아가 그렇게 노래하지 말았으면 했다. 노래는 소리나는 대로 부르는 줄로만 알았던 때였다. 어느 음악수업이 있던 날 그와 함께 집에 오면서 '발성법'이 있다는 것을 처음 알았다. 명아는 노래를 잘 부르는 아이였지만 우리 반에서는 '미운 오리새끼'였다.

나는 명아네 집에 자주 놀러갔다. 우리는 교회 마루 한쪽에 엎드려서 숙제를 하고 공기놀이도 했다. 명아가 부엌에서 찐고구마와 김치를 쟁반에 들고나오면 그것을 맛있게 나눠 먹었다.

중학교 1학년 때 우리 집은 대전으로 이사했고, 2~3년 후 명아가 D여고로 진학해 이모댁에서 학교를 다녔다. 공교롭게도 우리는 한 교회에서 다시 만났다. 주일이면 나란히 앉아서 고등부 예배를 드리고 그림자처럼 붙어다녔다. 얼굴이 예쁜 명아는 남학생들의 선망의 대상이었다. 나 역시 그에게 빠져들었다. 그가 부르는 찬송가가 교회를 가득 채울 때면 자랑스럽기도 하고 한편으로는 질투도 났다.

겨울방학 때 부여에 있는 명아네 집에 갔다. 차부로 마중 나온 그를 따라 사거리 우체국 옆 파란 대문 집에 들어섰다. 명아네 집이었다. 명아 어머니는 나를 반갑게 맞아주셨다. 안방 창가 재봉틀에는 바느질감이 놓여 있었다. 눈을 두는 곳마다 어머니의 정갈함이 엿보였다.

이튿날 아침에 일어나니 밤 사이에 눈이 하얗게 내렸다. 아침을 먹는 둥 마는 둥 들떠서 우리는 눈 덮인 부소산으로 향했다. 명아와 나는 좋아하는 시를 읊으며 한 발 두 발, '사자루'에 올랐다. 숨을 고르며 내려다보니 푸르던 백마강은 보이지 않고 온통 발아래가 눈밭이었다.

"가시밭의 한 송이 흰 백합화…."

명아의 노래는 잔잔히 허공으로 퍼져나갔다. 평생에 잊지 못할, 세상에서 가장 아름다운 노래였다. 노래가 끝나는 순간, 세상은 온통 깊은 정적 속에 묻혔다. 정적이 에워싸인 낙화암을 지나 고란사를 뒤로 하고 꽁꽁 얼어붙은 하얀 백마강으로 내려갔다. 물에 잠겨 머리만 내놓던 조룡대마저도 눈으로 덮였다. 하얀 세상, 아득히 먼 태곳적 설원에는 사슴 두 마리만 존재했다. 사각사각 어느새 강어귀까지 네 개의 발자국이 따라왔다.

고등학교 1학년 때, E대를 갓 졸업한 음악교사가 D여고로 부임하면서 명아의 음악성은 빛을 발했다. 입학식이나 졸업식 등 교내행사에서 선창을 하는가 하면 대외적인 각종 콩쿠르에 학교대표로 나가 수상했다. O합창단과 해외공연을 하기도 했다. 미운 오리새끼였던 백조는 날개를 활짝 폈다. 소년가장이었던 큰오빠를 비롯한 온 가족의 헌신적인 사랑 속에서 명아는 음대에 무시험(수상 경력)으로 진학했다. 나는 지방에서 초등학교 교사가 되어 주말이나 방학 때 대전 집에 갔는데, 오후 5시면 어김없이 도청에서 〈충남도민의 노래〉가 울려 퍼졌다. 명아의 노래였다.

"대한 반도 한복판 화려한 강산/ 700년 백제 역사 이룩한 고장~."

나는 주변 사람들에게 내 친구가 부르는 노래라고 자랑하고 싶었다.

음대를 졸업한 명아는 중학교 음악교사가 되었고 나는 결혼하여 첫 아이를 낳은 후 학교를 그만두었다. 어느 날, 아기를 재우는데 라디오에서 흘러나오는 합창 중간에 솔로 목소리가 귀에 익었다. 메조소프라노 명아의 노래였다. 아기를 재우고 난 후 곧바로 그리움 담은 편지를 써서 명아에게 전해달라고 KBS 방송국에 보냈다. 편지는 전달되었고 우리는 그 후로 한동안 다시 소식을 나누었다.

아이들한테 잔손이 덜 가자 나는 서울에 있는 학교에 복직하여 바쁘게 살았다. 서른 살 봄, 명아가 노래를 접고 결혼했다는 충격적인 말이 들려왔다. 안 돼! 내 친구는 나처럼 평범하게 살면 안 돼. 메조소프라노 김청자처럼 훌륭한 성악가가 되어야 해. 결혼이 무엇이라고, 마치 내 꿈이 좌절된 것처럼 한동안 우울했다. 묘한 배신감마저 들기도 했다. 노래를 잃은 카나리아, 불행이 시작된 듯한 그를 나는 다시 찾지 않았다.

중년이 되어 친구네 결혼식장에서 명아를 만났다. 그녀는 여전히 우아했다. 정상에 서본 자만이 할 수 있는 작은 몸짓 하나하나가 품위 있어 보였다. 세월이 흘러도 백조는 백조였다.

명아는 자기 자리에서 언제나 최선을 다했다. 한때 꿈을 접은 명아가 안쓰러웠지만 남편의 사랑 속에서 자식들 잘 키워 성가시키고 행복하게 살고 있는 그가 장해보였다. 훌륭한 가수가 되었다 해도 무대 뒤의 고독으로 쓸쓸해지는 것보다 스포트라이트는 받지 않지만, 온몸으로 찬양하고 봉사하며 그만의 향기를 풍기는 삶이 더 풍요로울 수도 있겠다는 생각이 뒤늦게 들었다.

많은 사람들이 내 곁을 스쳐지나갔지만 명아는 하얀 백마강의 발자국처럼 내 가슴에 또렷이 남아 있다. 그가 있어 기쁘고 그런 친구가 있음으로 나는 행복하다.

눈이 내린다

겨울바다가 보고 싶어 여행길에 나섰다. 배낭을 메고 수원역에서 친구들을 만났다. 밤 사이 내린 눈 때문에 친구들은 한층 들떠 있었다. 기차가 출발했다. 출발지에서 멀어질수록 차창 밖 눈 덮인 세상은 고즈넉했다.

나뭇가지에 피어 있는 눈꽃 위에 2월의 햇살이 눈부시다. 하얀 논바닥에서 모이를 찾는 장끼와 까투리의 모습이 정겹다. 나뭇가지에 앉았던 작은 새가 하늘로 나는 순간이 짜릿하다. 가늘게 흔들리는 나뭇가지 위로 눈가루가 날린다. 키 큰 나무꼭대기 하얀 까치집 위로 까치 세 마리가 빙빙 돌더니 힘차게 날갯짓한다. 까치를 따라간 시선 끝에 겨울철새 떼가 하늘 저편으로 날아간다. 유리창에 얼굴을 바짝 대고 손그늘을 만들어 하늘을 올려다보았다. 쉰 마리는 족히 되지 싶었다. 그 뒤로 또 다른 한 무리의 새떼가 날아갔다. 달리는 기차 때문인지 눈이 아른거리면서 정확히 그 수를 셀 수가 없었다. 저들은 모두 어디로 가는 것일까.

대천역에 도착했다. 시장에서 해산물과 과일을 산 후 콘도로 가는 셔틀버스로 갈아탔다. 20여 분 눈길을 달려 숙소에 도착했다. 커튼을 활짝 젖히자 너른 바다가 펼쳐졌다. 나는 발코니로 나가 창문을 열었다. 깊은 숨을 마시고 내쉬었다. 차가운 것이 얼굴에 부딪는다. 눈이었다.

'눈 온다!', 친구들에게 알리고 돌아서는데 마치 내 신호를 기다렸다는 양 함박눈이 쏟아지기 시작했다. 남부지방에 대설주의보가 내려 어느 정도 예감했지만 이처럼 큰 눈이 내릴 줄 몰랐다. 우중충했던 하늘이 삽시간에 어두워지면서 굵은 눈발이 쉬지 않고 쏟아졌다. 길은 삽시간에 지워졌다. 저만치 눈으로 지워진 길을 더듬으며 바다를 가늠했다.

눈은 침묵이다. 소리 없이 내리는 눈이 세상의 온갖 소리를 다 삼켜버렸다. 모든 색을 덮어버렸다. 어느 순간부터 말할 수 없는 사연을 가둬버린 나도, 아들을 잃어버린 친구도, 남편과 손주를 잃은 친구도, 각각 서로 다른 아픔을 묻은 채 모두들 눈처럼 침묵한다. 그저 바다만 바라볼 뿐이다.

"굴이 아주 싱싱하다. 자연산이라 다르네."

분당친구는 굴을 씻어 보시기 여섯 개에 각각 담으며 침묵을 일제히 깨부쉈다. 조금 전과 달리 표정들이 밝아졌다. 재작년에 불의의 사고로 다섯 살 손자를 잃은 그에게 무슨 좋은 일이 있어 보였다. 시골 면장의 무남독녀로 중1 때 교단에서 양손 모으고 〈봄처녀〉를 곧잘 불렀던 친구. 하얗고 예쁜 얼굴만큼 음색도 고와서 우리들은 그를 좋아했다.

"우리 며느리 애기 가졌어. 시험관 아기 준비 중이었는데 자연임신이 됐어."

좋은 소식을 들어서인지 입안에서 씹히는 굴 맛이 한결 달다. 〈봄처녀〉를 부르던 그때의 어린 소녀를 참으로 오랜만에 본다. 행운을 거머쥔 친구에게는 축하를, 슬픈 곡절이 끝나지 않은 친구에게는 위로의 말을 건네주며 눈이 내린다. 무어라 말할 수 없는 특별한 분위기다.

눈이 내린다. 한겨울의 눈과는 사뭇 다르다. 어렸을 때 동생과 눈싸움할 때 만났던 눈이다. 꽃밭에서 눈을 뭉치다보면 참새 부리 같은 작약의 빨간 새싹을 감싸던, 만져보면 포근하고 따뜻할 것만 같은 눈이다. 계곡과 산등성이의 눈을 헤치면 파릇파릇 새싹이 숨어 있고 나뭇가지에 매달려 있는 고드름 속에 하얀 솜털로 싸인 겨울눈[目]이 있을 것만 같다. 목련의 하얀 꽃잎도 제 몸을 찢고 나오기까지는 어둠 속에 갇혀 있던 것들이다.

하늘은 여전히 우중충했다. 내리던 눈이 잠시 멈추자 바다를 보러나 가자고 한 친구가 말했다. 설원의 끝자락, 눈 맞은 바다 색깔은 나무의 겨울눈[目]과도 같다. 마치 거무죽죽한 땅 색깔 같아서 바다가 거기 있는 줄 모르는 사람은 자칫 빠져버리기 십상이겠다. 눈이 내렸지만 바다는 이미 겨울바다가 아니다. 나무의 겨울눈[目]처럼 새봄을 준비하고 있었다. 누군가 봄은 기쁨과 슬픔을 지닌 겹겹의 봄이라고 속삭였다. 우리들은 그 봄에 희망을 건다.

눈은 소리만 잠재운 게 아니었다. 우리들 가슴 속 아픔도 다 재워버렸다. 겨울이 침묵할 때 봄은 그것을 비집고 나왔다. 봄을 데려오는 어느 분의 발자국 소리가 들리는 것만 같았다.

눈을 맞는 바다를 바라보며 어느새 우리는 하나가 되었다. 누가 먼저랄 것 없이 〈봄처녀〉를 가만가만 부르기 시작했다.

"봄처녀 제 오시네.

새 풀 옷을 입으셨네."

여섯 명 친구들, 저마다의 가슴에는 이미 화사한 봄이 오고 있다.

마라토너 이봉주

2007년 3월 18일 아침 8시. 광화문을 출발하여 잠실 종합운동장까지 42.195Km의 구간을 달리는 봄의 축제 '2007 서울국제마라톤대회'가 열렸다. 나는 TV를 켜고 생중계를 시청했다. 춥지도 덥지도 않은 쾌청한 날씨였다. 평소 나는 마라톤 레이스를 별로 좋아하지 않았다. 승리의 월계관을 쓴 사람의 이름과 기록에만 관심을 가졌을 뿐이다.

우승을 노리는 엘리트 선수들 외에 마스터스 참가자들이 수를 헤아릴 수 없이 많았다. 마스터스의 완주시간은 5시간으로, 그 시간이 지나면 교통통제가 해제된다. 24,000명이나 되는 참가자 중 몇 사람이나 완주할 수 있을까? 혹시 내가 아는 얼굴이라도 있을까, TV를 뚫어져라 쳐다보았다. 청소년과 장년 틈에서 머리가 하얀 노익장이 V자를 그리며 서서히 달린다. '저 사람은 완주할 수 있을까. 젊은이도 어려운데 용기가 대단하네.'

주자들은 '페이스메이커' 뒤를 따랐다. 자원봉사자는 5Km마다 음료

수와 간식을 준비했고, 의료봉사자도 대기했다. 골인 지점에서 갈아입을 옷을 배송하는 차량행렬도 뒤를 따랐다.

국제마라톤이라지만 외국인은 적고 거의 내국인이었다. 그런데 선수 중에 눈에 익은 사람이 보였다. 배번호 3번을 달고 검정 선글라스를 낀 이봉주 선수였다.

"아니, 봉달이가 또 나왔어? 염소처럼 수염은…. 서른일곱 살이나 된 사람이. 물러 날 줄도 알아야지."

힘들게 달리는 이봉주 선수의 괴로운 얼굴을 보며 나도 모르게 중얼거렸다.

대중은 2004년 아테네올림픽 이후 이렇다 할 성적을 내지 못한 그를 거의 잊고 있었다. 우리의 관심은 또 다른 선수를 향했다. 누가 금메달을 땄네, 어떤 선수가 신기록을 세웠네, 하며 더 나은 기록에 열광했다. 역할을 끝낸 선수는 더 이상 우리의 관심 안에 없었다.

시간이 지날수록 거리에는 응원하는 시민들이 점점 늘어났다. 경찰의 사이드카가 선수들 옆으로, 뒤로 요란한 소리를 내며 따른다. 우리나라의 젊은 선수들은 뒤로 처지고, 먼 나라 아프리카의 케냐 선수들은 하나같이 선두를 유지한다.

30km를 통과하면서 선두주자는 4명으로 압축되었다. 케냐의 1번 폴 키푸로프 키루이(27세)와 28번, 23번 등 세 선수는 이봉주를 견제하며 자기들끼리 음료수도 나누어 마시며 달렸다. 잠실대교 북단의 32Km 지점부터는 경사진 오르막 코스다. 이곳이 승패의 변수라고 한다. 체

격이 크고 마치 말 같은 긴 적색의 다리로 성큼성큼 달리는 케냐 선수, 그들에 비해 잔달음질하는 황색근육 이봉주의 모습은 안쓰럽기까지 하다. '나이를 이기는 장사는 없지. 혹시나 했더니 역시나'다.

키루이는 팔꿈치로 이봉주를 슬쩍 치기도 하다가 38Km 지점에서 끝내 선두주자가 되었다. 두 사람의 거리는 10여 미터로 벌어졌다. 그 뒤를 바짝 쫓는 케냐 선수들. 저러다가 2위도 내주는 게 아닌가, 조마조마했다. 이봉주는 같은 페이스로 달렸고 3,4위는 점점 뒤로 처졌다. 나는 안도의 숨을 내쉬었다. '마라톤은 정말 힘든 운동이구나. 처음부터 끝까지 혼자서 해야 하니 얼마나 외로울까.'

이제 27세 키루이의 '초스피드 대 37세 이봉주의 지구력持久力 스피드' 대결이다. 이봉주가 흔들림 없이 자기 페이스로 달리는 모습을 보면서, 키루이의 '스피드'가 조금만 떨어져도 어쩌면 승리할 수 있을 거라는 생각이 들었다. 이제는 내리막 코스, 종반 레이스다. 이봉주가 이를 악물고 달리는데 두 사람의 간격이 점점 좁혀졌다. 뒤를 힐끔힐끔 돌아보는 키루이, '달리기할 때 뒤를 힐끔거리는 사람은 꼭 지더라. 그래, 이길 수 있어.' 나는 속으로 이봉주 선수를 응원했다. 승리의 가능성은 현실로 다가왔다. 40Km 지점이었다. 시민들의 환호 속에서 이봉주는 키루이를 따라잡았다.

"이제 남은 거리는 700m입니다."

아나운서가 갈라진 목소리로 외쳤다. 남은 거리에 반비례하여 두 사람 사이의 거리는 점점 벌어졌다.

"이봉주 선수의 승리, 확신합니다."

100m 남은 거리에서 아나운서의 격앙된 목소리는 한층 고조되었다.

"이봉주 파이팅! 하나님 감사합니다."

나도 모르게 눈물이 나왔다. 골인! 드디어 이봉주는 양손을 들고 결승 테이프를 끊었다. 2시간 8분 04초. 이어서 키루이가 2시간 8분 29초, 그 뒤로 3~5위 케냐 선수들이 진입했다. 이봉주는 골인과 함께 기쁨에 찬 모습으로 자신의 잘생긴 아들을 번쩍 안고 뽀뽀를 했다. "아빠. 너무 빨라!" 자랑스런 아빠에게 안긴 어린 아들이 한마디 했다.

오세훈 서울시장은 이봉주 선수의 머리에 월계관을 씌워주었다. 상금은 8만 달러다.

다음은 아나운서와의 인터뷰 내용이다.

"비교적 평탄했고 생각했던 기록에 달성했습니다. 시민들의 박수에 큰 힘을 얻었고 나이가 있어 '스피드'보다는 '지구력 페이스' 감각을 익혔습니다. 2001년 보스턴대회 출전을 앞두고 돌아가신 아버지 산소에 월계관을 받친 것이 가장 기억에 남습니다."

그의 턱수염은 징크스인데 시합이 끝나면 수염을 깎는다. 1990년부터 17년간 뛴 거리는 지구 둘레(약 4만km)의 네 배다. 37회 출전해 35회를 완주했고 1996년 애틀랜타올림픽에서는 3초 차이로 금메달을 놓쳤다. 짝발(5mm 차이)로 너무 많이 뛰어 평발이 됐다는 그에게 마라톤은 '삶' 그 자체였다. 평범한 삶으로 살지 못하고 마라토너로서 쉼 없이 달리며, 치열한 자기와의 싸움을 하는 그를 보면서 연민의 정이 느껴졌다. 꾸준한 운동과 노력의 결실 밑바탕에는 아들에게 보여주려는 목표도 작용했으리라. 또한 초심을 잃지 않고 자기 페이스를 지키는 철저한 자기 관리와 생활철학 때문은 아니었을까. 기라성같이 떠오르다 소리도 없이 스러지는 별들이 얼마나 많던가.

마라톤은 긴 시간, 긴 거리를 혼자서 달리며 순간순간 죽음 같은 외로움을 겪는다. 그래서 고독과의 싸움에 비유하기도 한다. 어찌보면 우리의 삶도 마라톤처럼 길고 긴 레이스가 아닐까 싶다.

내년 '2008 베이징올림픽'에서도 결승 테이프를 끊고 오른쪽 주먹을 높이 흔드는 이봉주 선수의 모습을 보고 싶다. 그를 꼭 다시 보고 싶다.

물속에 모여앉은 동그란 돌들

도심을 벗어나자 관광버스는 바람을 가르며 단양을 향해 가로수길을 달린다.

총무인 진이가 김밥과 물병을 나누어주자 옥이가 부스럭대며 가방에서 과자를 꺼낸다. 어제 아들이 어머니 소풍간다고 퇴근길에 사다준 과자란다. 과자까지 받아든 우리는 영락없이 소풍가는 초등학생이다.

정오 무렵 단양 콘도에 도착했다. 근처 음식점에서 점심을 먹은 후 산책길에 나선다. 따사로운 공기와 부드러운 흙의 감촉이 봄을 느끼게 한다. 강가 모래톱이다.

강물은 연못의 고인 물처럼 서서히 바람을 따라 움직인다. 저만치 낚싯대를 강물에 드리운 채 그림처럼 앉아 있는 낚시꾼, 그 너머 강물 위에는 봄 햇살이 비늘처럼 반짝인다.

강물을 만진다. 조금은 서늘했지만 그 느낌은 보드랍다. 말간 물속에는 동그란 돌들이 옹기종기 모여 있다. 하얀 돌, 누르스름한 돌, 검정색 돌…. 크고 작은 각각의 돌들은 색깔은 다르지만 모양은 하나같이 동그랗다. 물속에서 조그만 하얀 돌 하나를 꺼내어 손바닥에 올려놓고 내려다본다. 반드럽고 예쁘다. 돌을 살며시 물위에 내려놓자 '퐁' 소리를 내며 작은 동그라미를 그린다.

강둑으로 향한다. 어제 내린 비로 찐득찐득한 흙이 신발 밑바닥에 달라붙는다. 흙이 묻어 신발이 무거우니 걸음이 더뎌진다. 돌멩이 하나를 주워 신발에 붙은 흙을 떼내며 걷는다. 강둑에는 윤기 머금은 소루쟁이가 살랑대는 봄바람에 온몸을 흔들어댄다. 봄은 소리 없이 빛으로 온다더니 나물 캐는 아낙네의 바구니 속에도 봄볕이 소복하다.

이튿날은 도담삼봉島潭三峰에 이르렀다. 단양팔경 중 제1경으로 남한강 상류 한가운데에 있는 세 봉의 기암이다. 가장 큰 남편봉우리 좌우로, 한을 품은 조강지처봉과 첩봉이다. 조강지처가 아기를 낳지 못해 맞은 첩이 임신한 불룩한 배를 남편을 향해 쑥 내밀었고, 큰댁은 돌아앉았다. 시앗을 보면 돌부처도 돌아앉는다는 말이 있다. 자연의 생김새를 그럴싸하게 표현한 게 재미있다. 삼봉은 충주댐 완공으로 물에 많이 잠겨 있다. 머지않아 강물은 수몰된 기억을 안고 흐를 것이다.

점심에는 이곳 남한강에서 잡은 올갱이해장국을 먹었다. 된장 풀어 아욱이랑 올갱이 넣어 끓인 해장국은 맛이 구수하고 담백했다.

잠이 드는 둥 마는 둥 두런두런 말소리에 잠이 깨었다. 새벽 4시다. 집이라면 한밤중이다. 거실에서 잠을 자던 친구가 베개를 들고 방으로 들어오면서 "여기 와서 별을 처음 봤다"고 속닥인다. 그러자 안산에 사는 옥이가 "서울에서는 별이 안 보여? 우리 집에서는 별이 잘 보이는데"라며 장단을 맞춘다. 옆에서 설핏 잠이 깬 친구가 별을 보겠다고 눈을 부비며 일어난다.

"별이 아니고 변이라고."

며칠 동안 변便을 못 보았는데 여기 와서 변을 처음 보았단다. 방안은 웃음바다가 되었다. 별 아닌 변 때문에 모두 잠이 깨어 생생해졌다.

강은 쉼없이 흐른다. 쉼터를 만들며 잔잔히 흐르기도 하고, 새롭게 마주친 강이 길벗 되어 협곡에 이르면서 사나워지기도 한다. 강물은 얼마를 흘러야 바다에 이를 수 있을까? 우뚝 솟은 바위나 협곡의 돌도 세파世波에 부서지고, 닳아지고 작아진다. 여울물은 돌에 부딪치면서 소리를 내고 하얗게 부서진다. 돌도 세찬 물살을 맞으며 굴러간다. 돌은 구르면서 모 없이 동그래지고 몸을 줄인다.

나이테가 몸속에 있는 나무와 달리 돌은 나이테를 겉면에 새긴다. 돌은 작아지고 반드러워지면서 나이를 먹는다. 어쩌면 조그맣고 동그란 돌이 나이가 제일 많은 돌일지도 모른다.

내 친구 선

오후 다섯 시쯤 선에게 전화를 걸었다. 그의 목소리가 오늘 따라 밝았다.

"아이고 내 정신 좀 봐. 전화한다면서 깜빡했네. 물혹인데 크기가 0.7㎝래요. 작아서 괜찮대요. 의사가 내년에 다시 찍어보자고 하네요."

열흘 전 일이었다. 그녀는 건강검진 결과 췌장에 문제가 있어 보여 CT 촬영을 해야 한다며 다소 불안해했다. 부모님의 유전인자는 대개 큰자식에게 간다는 말을 들었다. 효심 깊은 친구가 모시고 살았던 어머니는 97세에 돌아가셨다. 나이 들어 몸이 약해졌지만, 장녀인데다 소식하고 술도 마시지 않는 그에게 별일이 있겠냐 싶으면서도 잘못되면 어쩌나 걱정이 되었다.

선을 만난 건 마흔 초반 서울 C초등학교에서다. 한 학년에 20개 학급이 넘었다. 학급당 평균 학생 수가 70명인 콩나물교실은 다섯 분단으로 책상 일곱 줄을 교실 뒤까지 늘어놓았다. 책상 사이를 다니며 개별지도를 하다보면 옷이 뜯기거나 스타킹 줄이 나가는 건 다반사였다. 학급담임 외 사무를 한두 개씩 맡아서 늘 바쁘고 힘이 들었다. 우리는 같은 학년 담임은 하지 않았지만, 고향이 같은 충청도인데다 그가 우리 형부의 사범학교 제자라는 걸 안 뒤로 더 가까워졌다. 딱히 시간을 함께 하지는 못했다. 품위 있고 고상한 그에게서 국화꽃이 연상되었다. 그는 사범학교를 수석으로 합격한 수재였다. 2년 후 우리는 다른 학교로 옮기면서 헤어졌다.

전셋집을 전전하던 내가 사십 후반에 처음으로 집을 장만할 때였다. 돈이 많이 부족했다. 적금을 타려면 여러 달 있어야 했다. 고민하다가 마지못해 선에게 전화를 했다. 그녀는 두 말 않고 내 부탁을 들어주었다. 은행 정기예금을 해약하고, 부족한 돈은 자기 동생 것을 채워서 마련해주었다. 나는 생전 처음으로 남에게 큰돈을 빌리게 되었다. 아무것도 없는 나에게 그 큰돈을 빌려준 선의 마음이 궁금했다.

"유 선생님은 꼭 필요해서 나에게 말을 하는 건데, 만일 내가 못 빌려드리면, 그 어려운 말을 또 다른 사람에게 해야 되잖아요. 나는 그게 싫어요."

그 말을 듣는 순간 뭉클했다. 선의 그 말은 오롯이 내 가슴 깊은 곳에 박혔다. 각박한 세상에서 선의 도움으로 처음 집을 장만했다. 몇 달 후 적금을 타서 빌린 돈을 갚았다. 고마운 마음에 이자를 주겠다 말하자 그녀는 정색을 하며 거절했다. 그의 순수한 마음을 돈으로 계산한 것 같아서 무안하고 미안했다.

지금도 어려운 일이 있을 때는 꼭 선과 의논한다. 그녀는 언제나 답을 알려주고 해결해주는 솔로몬이다.

나는 출퇴근 시간의 교통지옥과 직장생활이 힘에 부쳤다. 틀에 박힌 생활에서 벗어나고 싶었다. 정년 11년을 앞두고 평교사로 명예퇴직했다. 퇴직 후 여기저기 기웃거리며 하고 싶은 일을 했다.

선은 W학교에 부임한 지 5년 후 교장으로 정년퇴직을 했다. 우리는 퇴직하면 내 발로 씩씩하게 여행하기로 한 약속을 지켰다. 3주 이상 걸리는 아프리카와 중남미를 비롯해 세계 여러 곳을 누비며 다양한 삶의 모습들을 보았다. 지금도 TV 여행 프로그램에서 여행했던 곳이 나오면 서로 전화를 해서 그곳을 반추하곤 한다. 지금은 3박4일이나 2박3일 여행 일정을 계획하고 있다. 우리는 늦은 밤에도 가끔 전화를 주고받는다. 주로 내가 얘기를 하고 말수가 적은 그녀는 듣는다.

며느리가 김치를 담가왔다. 열무와 배추얼가리를 버무려서 담근 먹음직스런 김치다. 한입 맛보자 선의 얼굴이 떠오른다. 언젠가 열무김치를 담가서 가지고 갔는데 그녀는 내 정성이 담긴 거라서 국물까지 버리지 않고 다 먹었다고 한다. 며느리에게 김치가 맛있어서 선이 마음에 걸린다고 말했다. 며느리는 흔쾌히 김치통을 보자기에 쌌다.

내 삶에서 선을 만난 것은 행운이고 축복이다. 나에게 선 같은 친구가 있다는 것은 잘 살았다는 증거이니, 자부심마저 든다.

●

Part Ⅱ

장미가 쏟아지는 밤

칼 가는 노인

친구가 사는 여의도에 왔다. 방송국, 회사, 은행, 증권가 등이 즐비한 이곳은 한국 자본주의 1번지이다. 낮에는 화이트칼라들이 활보하지만 밤이면 텅 빈 거리가 된다. 가까우면서도 멀게 느껴지는 곳. 올 때마다 왠지 나는 서먹서먹하고 낯설기만 하다.

"칼 갈아요, 칼 갈아요."

오전 10시 반, 생소한 외침이 정적을 깼다.

친구는 싱크대에서 칼이란 칼은 모조리 꺼내 신문지에 둘둘 말아 보자기에 쌌다.

후문 옆, 벚나무 밑에는 손때 묻은 배낭 하나가 덩그마니 놓여 있다. 그 옆에 한 주부가 종이가방을 들고 서 있었다. 가까이 가보니 배낭 옆에는 칼 대여섯 개가 먼저 와 누워 있었다. 얼마 되지 않아 자그맣고 허리가 구부정한 노인이 페트병 하나를 들고 걸어왔다. 행색이 말끔하고 강단 있어 보였다. 아파트 단지를 한 바퀴 돌면서 자신의 출근을 알리고 왔노라고 했다.

그가 배낭을 열더니 낡은 국방색 군용 담요 조각을 꺼내 바닥에 펼쳤다. 그 위에 중앙이 움푹 파인 숫돌과 양재기를 꺼내어 페트병에 든 물을 따랐다. 종이가방을 든 여자가 칼 두 개를 꺼내면서 급한 일이 있으니 먼저 갈아달라고 했다.

노인의 칼갈이가 시작되었다. 그는 칼을 쓰윽 훑어보더니 양재기에서 물을 한 움큼 떠서 칼 앞뒤로 두어 번 흘렸다. 왼손으로 칼자루를 쥐고 오른손가락으로 칼등을 잡은 채 삭삭, 춤사위를 펼쳤다. 주름투성이 손이 힘주어 밀고 당기며 리듬을 타는가 싶더니 점점 움직임이 빨라졌다. 뿌연 숫돌물이 걸쭉하게 흘러내렸다. 잠시 손놀림을 멈춘 그는 물 한 움큼을 칼날에 흘렸다. 이번에는 반대쪽으로 옮겨 잡아 같은 행위를 반복했다. 보통 정성을 들이는 게 아니었다. 이대로 칼이 다 닳아 없어질 것만 같았다. 다시 동작을 멈춘 그가 칼을 들어보는데 칼날이 하얗게 빛을 발했다. 하지만 쉽게 끝나지 않을 것 같았다.

"다 갈면 갖다줄 테니 동 호수를 써놓고 가요."

칼 가는 노인은 우리가 신경 쓰였던지 아직 끝나지 않은 칼자루를 들어 보이면서 말했다. 친구가 작은 돌멩이를 주워서 땅바닥에 동 호수를 썼다.

점심을 막 먹고 났는데, 문 두드리는 소리가 났다. 칼 가는 노인이었다. 그는 칼이 든 보자기를 건네면서 오늘 따라 갈아야 할 칼이 많았다며 미안하다고 했다.

"할아버지, 식사 안 하셨지요? 이 동네는 밥 먹을 데도 없는데."

친구가 흉허물 없이 말을 건넸다.

"저어, 그럼, 아주머니 밥 한 그릇 먹고 갈 수 있을까요?"

친구는 물을 끓여 우동 한 그릇을 말고, 보온밥솥에서 밥 한 그릇을 수북이 담아내왔다. 무척 시장했던지 노인은 마파람에 게 눈 감추듯 식사를 마쳤다. 친구가 커피를 타자 그가 말문을 열었다.

난 전라도 산골에서 태어나 조실부모하고 열두 살에 머슴살이를 시작했어. 서른에 장가가서 남의 땅 부쳐먹고 살다가, 마흔 넘어 손바닥만 한 땅마지기라도 갖게 되었지. 아들딸 결혼시키고 그럭저럭 두 내외 살다가 예순하나에 혼자가 됐어. 아들 내외가 손자들 교육 때문에 고향을 떠날 때 그냥 따라나섰지. 지금은 원당에서 사는데 자식 내외가 무슨 번듯한 직장이 있는 것도 아녀. 애비 잘못 만나 못 배워서 노가다지. 자식한테야 늘 미안하당께. 놀고먹을 수 없어 이리저리 궁리했지. 나야 눈만 뜨면 낫 갈아 꼴 베던 사람 아닌게벼. 옳다구나! 내 경험을 살려 칼 가는 일을 하면 되겠구나 싶었지. 이른 아침을 먹고 십 리 길을 걸어 원당 지하철역에 도착해서 지하철 타고 매일 여의도로 출근혀. 여의도가 내 직장여. 촌놈이 출세했지. 이 일을 한 지도 한 20년 됐어. 내 나이 아흔둘이여. 아파트와 식당가를 도는데 비 오는 날은 공치는 날이지. 겨울철보다는 더워도 여름이 낫지. 하루에 한 오만 원은 벌어. 며느리에게 한 달에 백만 원은 갖다줘.

말을 마치자 노인은 자리에서 일어섰다.

“열 개니까 2만 원만 내셔. 이제 종이라도 벨 수 있을 거유.”

2만 원을 받더니 부스럭대며 조끼 호주머니에서 2천 원을 꺼내 밥값이라며 부득부득 식탁에 올려놓는다. 식당에서 칼 갈아주고 밥 먹은 후에도 남의 신세지기 싫어 밥값을 꼭 낸다면서 기어이 2천 원을 놓고 나갔다.

노인의 주름진 손이 자꾸만 눈앞에 어른거렸다. 일흔 넘어서 숫돌 하나 달랑 들고 서울에서도 부촌富村이라 불리는 여의도에서 20여 년을 쪼그리고 앉아 칼을 갈았다는 노인. 그의 한恨처럼 손에 박힌 굳은살. 숫돌처럼 딱딱한 손은 언제쯤 쉴 수 있으려나. 정년이 없으니 이도 복이라던 노인의 자신감 넘치는 웃음소리가 귓등에 앉는다.

“하하하, 나보다 칼 잘 가는 사람 있음 나와보라고 해.”

우리는 가끔 시대를 탓하며 자신의 인생을 안쓰러워한다. 칼 가는 노인이야말로 이 시대의 진정한 장인이 아닐까. 어쩌면 노인은 타고난 장인匠人으로서의 긍지가 몸에 배었을지도 모른다. 노인의 콧노래소리가 들리는 듯하다.

장미가 쏟아지는 밤

얼마 전 이사 온 우리 아파트 거실 통유리에는 장미무늬 커튼이 쳐져 있다. 내가 짠 것이다. 집에 오는 사람들마다 커튼을 보고 예쁘다, 이걸 어떻게 짰느냐는 둥 저마다 한마디씩 하며 칭찬한다.

사오 년 전, 매듭사로 커튼을 짠다는 말을 우연히 듣고 내심 솔깃했다. 레이스 뜨기 전집에서 단독무늬 넝쿨장미 도안을 정한 후 내 식으로 무늬를 만들어 모눈종이에 확대 복사했다. 줄자로 잰 거실 폭에 주름분과 길이를 정해 필요한 분량을 가늠하여 청계천으로 갔다.

실을 사온 나는 코바늘로 밑단부터 짜기 시작했다. 하루에 세 단을 넘기지 않으려 했지만 한번 잡으면 좀처럼 바늘이 놓아지지 않았다. 일어났다 앉으면 도안을 다시 봐야 하고 어떤 때는 틀리게 짜기도 했다. 처음에는 잘못된 곳이 보이면 바로 풀었지만 짜다보니 생각이 바뀌었다. '넝쿨이 어느 방향으로 가든 그것은 장미의 마음이자 곧 내 마음이야.' 순면 실은 모사毛紗와 달리 무거웠고 대작大作이라서 몇 배의 힘이 들었다. 잎이 두어 장 달리고 꽃잎이 몇 장 피어나면서 어깨가 결리고 허리도 아파왔다. 당장 팽개치고 싶었다. 그러다가 마음을 다스리며 한참을 쉬기도 했다.

육 개월 후 커튼 한 짝을 완성해 달았다. 그런데 꾀가 나 나머지 한 짝을 짤 엄두를 내지 못했다. 매일 미완의 커튼을 보면서 마음이 불편했다. 무슨 일이 안 될 때는 내가 게으름을 피워 그런가보다 했다. 그러면서 커튼 탓을 하곤 했다. 언제라도 내가 해야 할 일이었다. 보름쯤 지난 뒤에 다시 바늘을 잡았고 석 달 뒤에는 나머지 한 짝을 끝낼 수 있었다. 표백되지 않은 광목처럼 투박한데다 육중한 것이 세련되진 않았지만 이 세상에 단 하나뿐인 나만의 커튼이었다. 뿌듯한 마음으로 거기 피어난 장미를 바라보았다. 내가 허공에 심은 장미는 언제나 활짝 피어 있었다.

나는 집안 분위기를 바꾸고 싶을 때마다 커튼을 내려 빤다. 부피가 커서 세탁기에 한 짝씩 넣고, 세탁이 끝난 후에는 무거운 커튼을 꺼내어 잘 펴고 손질하여 깨끗이 닦은 거실 바닥에서 정성껏 말린다. 다 마른 커튼을 달 때는 무거워서 힘이 들지만 커튼은 빨면 빨수록 눈이 부시도록 빛이 나, 그 일은 나에게 즐거움이 되었다.

잠이 오지 않는 밤이었다. 방문을 열고 거실로 나오다가 눈앞의 광경에 숨이 멎는 줄 알았다. 거실 창 가득히 넝쿨장미가 활짝 피어 있었다. 달빛이 드리운 거실 마루에도 장미가 한창이었다. 조심스럽게 창문을 열었다. 더 밝은 달빛과 서늘한 바람이 들어왔다. 그때 넝쿨장미 사이로 바람이 일렁였다. 잠결인 듯 꿈결인 듯, 바람은 거실 마루의 장미넝쿨을 흔들었다. 나는 손바닥에 있는 장미를 잡으려고 손을 오므렸다. 꽃은 손가락으로 옮겨 앉으며 꽃잎을 흔들었다. 어느새 내 하얀 잠옷에도 온통 장미넝쿨이 감겼다. 나는 내 몸을 휘감은 장미넝쿨을 잡아보려고 손을 뻗었다. 쉽게 잡히지 않았다. 도망치듯 내 손등으로 옮겨 앉았다가 파르르 흔들리며 가슴으로 뻗어오른 장미넝쿨. 습관처럼 잠옷자락을 털었다. 넝쿨들은 그대로 잠옷에 붙은 채 사뭇 흔들리며 내 몸 안으로 스며들 듯 달라붙었다. 갑자기 창백한 넋 한 방울이 툭, 장미 꽃잎을 적셨다. 눈물, 내 가슴 밑바닥에서부터 치밀고 솟아오른 그 눈물은 볼을 타고 후드득 흘러내렸다. 달빛에 쏟아지는 장미가 아름다워 더욱 슬픈 밤이었다.

이후로 달빛의 유현幽玄함이 가슴에 들어오는 밤이면 음악을 낮게 틀어놓고 장미 커튼 옆에서 차를 마신다. 은은한 향이 꽃잎에서 꽃잎으로 번져간다. 온전한 장미의 향기이다.

집에 놀러온 친구가 장미 커튼에 감탄했다. 문간방 커튼도 짜라고 했지만 나는 고개를 저었다. 다시 시작한다는 것이 엄두가 나지 않았다. 하지만 얼마 지나지 않아 장롱에 넣어두었던 실뭉치를 꺼내어 거실 커튼과 같은 장미 문양을 축소하여 짜기 시작했다. TV 드라마를 보면서 뜨개질을 하는데 경비실에서 연락이 왔다. 택배를 찾아가라는 것이었다. 다음 날 아침에 가지러가려다 이삼 일 됐다는 말에 뜨개질감을 소파에 내려놓았다.

경비실에 있는 택배물은 우리 것이 아니었다. 돌아와 다시 뜨개질을 하려니 흐름을 잡기가 어려웠다. 바늘을 놓았다. 은근히 화가 났다. 며칠 전에도 같은 일이 있었다. 문득 얼마 전에 친구가 보낸 메일 내용이 떠올랐다.

어느 날 나윗 왕이 궁중의 세공인에게 명령했다.

"나를 위한 반지를 하나 만들라. 반지에는 내가 큰 승리를 거둬 기쁨을 억제치 못할 때 그것을 조절할 수 있는 글귀와 절망에 빠졌을 때 용기를 줄 수 있는 글귀여야 하느니라."

세공인은 지혜로운 솔로몬 왕자를 찾아가서 도움을 청했다. 그의 고민은 해결되어 아름다운 반지에 글귀를 넣었다.

— 이것 또한 지나가리라.

우리는 사소한 일로 기뻐하고 사소한 일로 슬퍼하기도 한다. 행복이나 불행, 신명이나 짜증이 모두 아주 작은 것들로부터 영향을 받을 때가 많다. 문득 기쁨과 슬픔, 자족했던 평온과 한유閑裕, 이 모든 것이 달밤에 피어난 장미 그림자 같다는 생각이 들었다.

나는 마음을 가다듬으며 뜨개질을 다시 시작했다. 내 마음을 다스리는 이 글귀를 장미무늬 위쪽에 작은 글씨로 짜넣으면 어떨까 싶었다.

— 이것 또한 지나가리라.

내 인생에 가장 젊은 날은 오늘이다

J를 만나러 가는 중이다. 지하철이 바로 왔다. 마침 자리가 나서 앉았다. 맞은편에 앉은 정장차림의 노신사가 어쩐지 낯이 익었다. '혹시 저 사람일까?' 몇 번인가를 흘끔거리며 쳐다봤다. 약속장소가 가까워질수록 궁금증은 더했다. 어릴 적 그의 모습은 전연 기억에 없고 아는 건 이름 석 자뿐인데, 다가가 물어볼 용기가 없었다. 내가 우물쭈물하는 사이 노신사는 다음 역에서 내렸다.

대전시 선화동1구 40번지는 어렸을 때 내가 살던 집 주소다. 큰길 건너 맞은편이 J네 집이었다. 그의 집은 방이 여럿인데 하나는 다다미방이고 화장실 둘, 목욕탕이 있는 적산가옥이었다. 한국전쟁 때는 인민군이 인민위원회 사무실로도 사용했다.

그의 아버지는 사업을 했고 어머니는 살림밖에 모르는 얌전한 분으로 우리 엄마랑 여러 모로 비슷한 면이 많았다. 두 분은 자매처럼 자별

하게 지냈다. 가까운 목척시장에 가는 것이 당시 그분들의 유일한 나들이였다. 엄마가 시장 갈 때 더러 따라가면 아주머니는 나를 무척 예뻐해주었다.

J와 나는 동갑으로 선화초등학교에 같이 입학했다. 장남인 그 아이는 떡이나 별미를 들고 우리 집에 심부름을 자주 왔다. 대문을 열어놓고 살던 시절이었다. 정원수가 많은 그 집 넓은 마당은 또래 사내아이들의 놀이터였다. 두 살 터울인 내 남동생도 할아버지께 천자문 배우는 시간 외에는 그 집에서 딱지치기나 구슬치기를 하며 놀았다.

한국전쟁이 일어나자 아버지 직장은 서둘러 대구, 부산 쪽으로 내려갔고 엄마랑 우리들은 조부모님과 함께 전쟁을 겪었다. 수복 후 우리들은 공무원인 아버지를 따라 지방의 초등학교로 전학했다. J는 중1 때 다른 곳으로 이사를 갔다.

몇 해 전, 동생이 J를 만났다고 했다. 그는 동생과 같은 중고교에 이어 K대 정치외교학과 동문이기도 하다. 간간이 나를 만나고 싶다고 동생 편에 전해왔지만 내키지 않았다. 병약한 동생을 잃고 아픔이 가시지 않은 채 몇 달을 지나면서 해가 바뀌었다. 그해 3월에 낯선 전화를 받았다. J였다. 올케한테 내 전화번호를 받았다며 한번 만나자고 했다. 나는 얼굴도 기억에 없고 다 늙어서 누구를 만나는 것이 싫다고 말했다. 하지만 그는 잊을 만하면 문자를 보내고 전화를 했다. 그러저러 6개월 만에 그를 만나러 가는 길이었다.

오후 1시 20분, 반포동 일식집 조용한 홀에 들어섰다. 카운터에 다가서는데 방문이 열리며 초로의 신사가 나를 반겨주었다. 음식이 차려지는 사이로 옥순네 가게, 옆집 노영이, 선화동 마을이야기 등으로 어색한 분위기를 걷어냈지만, 내 돌아간 동생 이야기 할 때에는 마음이 아팠다. J는 내게서 자기 엄마 이야기를 듣고 싶어했다.

식사를 마치자 그가 준비해온 선물을 펼쳤다. 폭 25㎝, 길이가 20㎝, 두께가 3㎝인 나무판에 세 줄로 새겨진 그의 서각書刻이었다.

내 人生에

가장 젊은 날은

오늘이다.

멋진 글씨도 좋았지만 문장이 특히 마음에 들었다.

그 후로 두세 번 그를 만나면서 씩씩하고 활발했던 한 소년의 모습이 어렴풋이 떠올랐다. 그는 안정된 가정생활을 하는 듯했다. 나에게 함께 서각을 하자고 권유했지만 조각도와 끌, 망치질은 나에게는 벅찬 작업이었다. 무엇보다 나는 그쪽에 관심이 없었다.

그리워하는데도 한번 만나고는 못 만나게 되기도 하고, 일생을 못 잊으면서도 아니 만나고 살기도 한다. 아사코와 나는 세 번 만났다. 세 번째는 아니 만났어야 했다.

— 피천득의 「인연」 중에서

연두색 아사코의 우산이 연상되는 청신한 여인의 모습을 오래 간직하고 싶었던 작가의 의도가 돋보이는 대목이다.

J와 나는 특별히 친할 것도 없었고 어릴 적 친구인 것 빼고는 이도 저도 아닌 사이였다. 그가 지나가는 말로, 어렸을 때 엄마가 '문자' 같은 색시랑 결혼하라고 말했다시만 나는 듣고만 있었다. 그의 말이 길어질수록 나는 지루했고 차츰 괜히 나왔다는 생각이 들었다. 어렸을 때 우리 동네에 살던 내 동무, 공부 잘하고 똘똘했던 소년으로만 기억하면 좋을 것 같았다.

그래도 그를 만나 좋은 점도 있었다. 어린 시절로 돌아가 남들은 알지 못하는 동네사람들 이름도 끄집어내고, 잊고 있었던 형제들의 에피소드와 엄마 얘기도 나누면서 잠시라도 그 시절로 돌아갈 수 있었다. 그런데 시간이 갈수록 그의 언행이 낯설고 불편했다. 나는 허튼 인연을 만들고 싶지 않았다.

돌아오는 길, 헨리 W 롱펠로의 시 「인생예찬」의 한 부분을 읊조리며 나는 집으로 가는 길을 느리게 걸었다.

아무리 즐거워도 미래는 믿지 말라.
죽은 과거는 죽은 채 매장하라
활동하라. 살아 있는 현재에 활동하라.

안에는 마음이, 위에는 하나님이 있다.

"활동하라, 살아 있는 현재에 활동하라"는 구절에서 잠시 서성인다. 그에게 약간의 미련이 남아 있었던 것일까. 아니다. 그래도 잘한 결정이었다. 다만 그의 건강을 빌어본다. 또한 그가 자신이 좋아하는 서각을 오래도록 할 수 있기를 바란다. 어느 날 그가 전시회에 초대한다면 나는 작은 꽃다발 한아름 안고 그를 만나러 갈 것이다.

그가 선물한 서각이 내 책장 위에 앉아 있다. 소중한 '오늘'을 말없이 일깨워주고 있다.

종이탑 쌓기

교회 회복수련회 날이다. 우리를 태운 관광버스 3대는 아침 8시 30분쯤 교회를 출발해 대부도로 향한다. 목적지가 가까워질수록 포도밭이 장관이다. 키 작은 포도나무에 주렁주렁 매달린 포도송이는 종이봉지에 싸인 채 알알이 익어간다. 33도 기온에 바람도 없는 후텁지근한 날씨이다. 교회 수련원은 조용하고 넓고 깨끗하다. 입실해 예배를 드린 후 3층 식당에서 식사를 하고 자유시간을 갖는다.

레크레이션 시간이다. 강단을 중심으로 양 옆으로 6명씩 긴 의자에 줄지어 앉았다. 맨 바깥 줄에 앉는 바람에 나는 얼떨결에 팀장이 되었다. 옆으로 돌아앉아 앞사람의 등 두드리기, 좌로 우로, 위로 또는 아래로 깔깔대고 웃기 등등, 강사의 말 한마디 한 동작에 좌중은 자지러졌다. 30여 분 동안 그는 우리를 쥐락펴락했다.

휴식시간에 긴 의자는 모두 창가로 옮겨졌고 책상 20여 개를 늘어놓았다.

게임 시간이다. 강사는 게임의 방식을 설명했다.

"이 책상 위에 있는 재료로 '종이탑 쌓기'를 할 겁니다. 탑 모양은 자유, 탑의 높이는 2큐빗, 완성된 탑에 성경을 올려놓아야 합니다. 재료는 한번에 가져가야 되고, 가져간 재료는 반환이 안 됩니다. 시간은 20분 드리겠습니다."

책상 위에는 재료가 딱 세 가지다. 두껍고 큰 도화지와 A4용지가 쌓여 있고 잘라놓은 종이테이프가 책상 가장자리에 죽 붙어 있다.

우리 팀은 6명이다. 책상 하나를 정한 다음 곧장 재료를 가지러갔다. 어떻게 쌓을 것인가 의논이 필요했지만 20분 안에 완성해야 했기에 마음이 급했다. 우리는 큰 도화지 3장과 A4용지 3장, 잘라놓은 테이프 4개를 챙겨왔다. 큰 도화지 1장에 5천 원, A4용지는 3천 원, 테이프 하나에 1천 원이었다. 부목사님께 내 이름과 재료값 2만8천 원을 알렸다.

시작종이 울렸다. 한 큐빗은 팔꿈치부터 손끝까지의 길이다. 우선 큰 도화지를 가로로 둥글게 말아서 테이프를 붙여 원통 하나를 만들었다. 또 다시 원통을 만들어 두 개의 원통을 테이프로 이어붙이니 2큐빗의 탑이 되었다. 여섯 사람이 머리를 맞대면서 손놀림은 빨라졌다. 바닥에 A4용지 1장을 깔고 만든 탑을 올려놓은 후 탑 아래 원을 따라 안쪽에 테이프를 또르르 말아서 붙이자 탑이 고정되었다. A4용지 1장은 탑 위쪽 원에 붙였다. 그런데 이게 웬일인가. A4용지 1장과 큰 도화지 1장이 남았다. 궁리 끝에 큰 도화지를 바닥에 덧대어 붙이고 A4용지 1장은 탑 이음새에 튼튼하게 붙였다. 그리고 성경을 조심스럽게 탑 위에 올려놓았다. 성공! 정해진 시간에서 5분쯤 지났지만 완성된 팀은 우리 뿐이었다.

강사를 불러서 확인시켰다. 강사는 팀 이름과 시간을 적었다. 그제서야 다른 팀을 둘러보니 하나둘 거의 끝이 났다. 장로님 두 팀은 미완성이었다. 심사 결과 우리 팀은 2등을 했고 나는 팀을 대표해 상을 받았다.

문득 '소크라테스의 사과'가 떠올랐다. 소크라테스는 제자들에게 사과가 탐스럽게 익은 과수원 초입에서부터 끝까지 걸어가면서 가장 맘에 드는 '사과 하나'를 따게 했다.

"단, 지나간 길로 다시 돌아갈 수 없으며 선택은 한번뿐이다."

사과를 초입에서 딴 제자는 나중에 더 좋은 사과를 발견했고, 또 다른 제자는 끝에 이르러서야 초입의 사과를 아쉬워했다. 제자들은 한마디씩 했다.

"선생님, 다시 한번 사과를 따게 해주세요."

세상에는 돌이킬 수 없는 '흐름'이라는 것이 존재한다. 연습 없이 태어나서 실습 없이 죽듯이, 똑같은 일이 두 번 일어나지는 않는다. 어떤 하루도 되풀이되지 않고 서로 닮은 두 밤[夜]도 없다.

우리 팀은 큰 도화지 1장과 A4용지 1장이 남아서 순간 당황했지만 순발력 있게 대처했다. 팀원이 한마음이 되어 탑 쌓기에 몰입하면서 그런대로 작은 기쁨을 맛보았다. 게임의 룰과 결과보다는 그 게임을 하면서 팀원과의 단합이 무엇보다 중요하다는 것을 알게 해주었다.

슬픈 일이든 기쁜 일이든 일희일비一喜一悲할 일이 아니다. 일상을 순리대로 받아들이며 한번뿐인 기회를 소중히 여길 줄 알아야 한다. 실수가 따르더라도 후회하지 말고 자신의 선택을 끌어안을 용기도 필요하다. 이번 수련회는 나에게 이런 것들을 느끼게 해주었다.

끈

신문기사를 읽는다. '식물인간 아들 호흡기 뗀 아버지 구속'이라는 기사이다. 열 살 때부터 근육위축병을 앓던 스물일곱 살의 아들은 며칠 전 화장실에서 넘어지면서 호흡곤란이 왔고 의식불명 상태가 되었다. 아버지는 소생 가능성이 없다는 의료진에게 아들의 호흡기를 떼겠다고 했고, 병원에서는 아버지의 의견을 받아들이지 않았다. 하지만 아버지는 아들을 집으로 데려왔고 그 아들은 죽었다. 기사를 읽으면서 돌아가신 형부 생각이 났다.

형부는 Y대를 졸업하고 지방의 사범학교 교사가 되었다. 서울 부잣집 아들로 인물 좋고 인기 있는 총각선생님이었다. 그는 가정형편이 어려운 폐질환을 앓는 학생의 병원치료비를 내주는 등 학생들을 많이 사랑했다. 언니와 결혼해서 몇 달 후, 당신의 아버지 사업을 물려받기 위해 교직 3년 만에 퇴직했다. 30여 년이 흐른 뒤에도 제자들은 은사를 찾아왔고 형부도 가끔 그때를 그리워했다.

사업을 하던 형부는 20여 년 전부터 당뇨병을 앓았다. 중풍으로 쓰러지면서 건강은 더욱 악화됐고 그로 인해 사업도 실패했다. 사업 실패 후 뒤처리는 언니 차지가 되었다. 설상가상 신부전증이 왔고 혈액투석을 위해 일주일에 세 번 장애자차로 병원에 가야 했다. 몸무게 45kg의 언니가 몸을 못 가누는 80kg 거구의 환자를 돌보는 일은 여간 고된 일이 아니었다. 그 중 목욕시키는 일과 병원에 가는 일이 힘들었다. 휠체어를 밀고 비탈길을 오르다가 발을 삐끗해 두 사람이 곤두박질친 적도 있었다.

형부가 자리보전한 지 10년, 퇴행退行은 치매로 이어졌다. 형부는 눈만 뜨면 언니를 불러댔다. 대답을 안 하면 언니가 올 때까지 찾았다. 다가가면 긁어라, 주물러라, 한밤중에도 수란을 떠와라, 무슨 음식을 해와라 등 주문이 끊이지 않았다. 방은 갇힌 기분이라며 거실을 차지했다. 금방 숨이 멎는 듯하여 입원 준비도 여러 번이었다. 드디어 미음도 못 넘기고 눈도 뜨지 못한 채 말을 잊었다.

형부는 종합병원에 실려갔다. 중환자실에서 '식물인간' 상태로 삽관술과 기도절개수술을 했다. 심장이 두 번 멎어 심폐소생을 했다. 지칠 대로 지친 언니는 의사를 붙들고 말했다.

"의식불명인 환자에게 수술과 투석, 항생제 투여가 무슨 의미가 있습니까? 보낼 사람은 보내자고요. 자식들에게 더 이상 짐을 지울 수는 없습니다."

의사는 가족의 동의가 있어야 한다는 말만 거듭했다. 지방에서 직장

일을 하는 큰아들은 조석으로 전화하고 주말마다 올라왔다. 아들은 아버지의 심장이 뛰는 한 호흡기를 떼는 일은 없을 것이라며 강경하게 반대했다.

아들은 병원비 때문이라면 걱정하지 말라고 했다. 가족의 정신적, 경제적 고통은 컸다. 문병 온 친척들도 아들의 눈치를 보았다.

몇 년 전에 큰아들이 말레시아에서 7년을 고생해 장만한 아파트를 형부의 사업실패로 날렸다. 자식에게 도움은 주지 못할 망정 짐만 되는 현실이 언니로선 괴로웠다. 자신은 전생前生에 형부의 상전이어서 지금 그 '빚'을 갚는 거라고도 했지만 일흔 살 노구老軀의 가냘픈 어깨는 늘 쑤시고 아팠다. 앉아 있을 때도 손으로 자신의 어깨를 습관처럼 주물렀다. 잠이라도 실컷 잤으면 했다. 거실 소파에는 언제나 성경책이 펼쳐져 있었다. 특히 열 명의 자녀와 전 재산, 건강까지 잃은 구약성서 「욥기」는 손때가 묻어 있었다.

"네 손에 죄악이 있거든 멀리 버리라. 불의로 네 장막帳幕이 거하지 못하게 하라."(12 : 14)에는 밑줄이 여러 개 그어져 있었다. 언니는 극한 상황에서도 하나님을 원망하지 않는 '욥'을 닮은 듯 초연해 보였다. 언니의 유일한 외출은 주일아침 교회에 가는 일이었다. 나와 한 주에 한 번 밖에서 만나는 곳도 교회였다. 예배시간에 맞춰 도착한 나는 언제나 먼저 온 언니 옆자리에 가서 앉았다. 언니는 교회에 갈 때면 늘 깨끗하고 단아한 옷을 입어서 병수발에 찌든 사람 같아 보이지 않았다. 예배 후 교회를 벗어나며 언니에게 무슨 기도를 했느냐고 물었다. 언니의 간절한 기도는 기적을 비는 일이 아니고 자신의 한스러운 넋두리였다.

"부모가 되어서 자식들에게 짐을 지우는 일이 너무 괴롭습니다. 하나님, 이제 데려갈 사람은 데려가주세요. 더 이상 힘들게 하지 말아주세요."

중환자실에서 두 달이 넘자 드디어 병원에서 집으로 모셔가도 좋다고 했다. 앰뷸런스를 타고 산소호흡기를 잡고 함께 온 여의사는 집에 도착하자 산소호흡기를 떼고 돌아갔다. 가쁜 숨을 쉬던 환자의 들숨과 날숨의 간격이 벌어지고 온몸에 진땀이 비 오듯 흘렀다. 캐나다에서 급히 온 막내아들의 목소리를 듣고서야 형부의 얼굴에는 미세한 경련이 일었다. 그리고는 생명의 끈을 놓으셨다. 집에 온 지 두 시간 만이었다.

"내 주를 가까이 하게함은 십자가 짐 같은 고생이나…."

형부가 좋아하는 찬송가가 집안에 조용히 울려퍼졌다. 3년 전, 형부는 언니의 권유로 세례를 받았다.

언니는 20여 년 형부의 병간호를 했다. 멋쟁이였던 언니가 이제 호호할머니가 되었다. 나는 결혼하고 아이 낳아 키우면서 크고 작은 일을 언니에게 의논하고 의지했다. 형부의 건강이 나빠지면서 언니랑 함께하는 시간은 줄어들었다. 어쩌다 언니를 만나면 망가져가는 모습에 마음이 아팠다.

어느 날 밤, 현관 문 두드리는 소리에 잠이 깨었다. 문을 열자 지치고도 지친 창백한 언니가 서 있었다.

"형부가 나에게 쌍욕을 하면서 나가라고 하더라. 그래서 분하고 참을 수가 없어 집을 나왔어. 그런데 더 기막힌 건 막상 내가 갈 곳이 없다는 거야."

자리를 펴자 죽은 듯이 자는 언니가 가여웠다. 그런데 이튿날 눈을 뜨자마자 언니는 그 구덩이 속으로 다시 돌아갔다. 나는 그냥 바라볼 수밖에 없었다.

도대체 '끈'이란 것은 무엇일까? 언니가 전생에 진 빚을 갚는 거라며, 그 무거운 짐을 지고 끝까지 가려 했던 것도 부부간 인연의 '끈'이고, 큰 아들이 호흡기를 떼지 못하게 한 것도 부자간의 '끈' 때문이다. 캐나다에서 온 막내아들의 음성을 듣고서야 생명의 끈을 놓은 것도 혈연의 '끈'을 놓은 때문이리라. 또한 내가 읽은 신문기사 속 아버지가 아들의 호흡기를 뗀 것도 잘은 모르지만 치료비만의 문제는 아닐 것이다. 어차피 갈 자식, 편히 보내주고자 하는 아버지의 심정, 곧 부자간의 '끈' 때문이 아닐까. 그러고 보니 인생은 '끈'으로 이어졌다는 생각이 든다. 태胎라는 끈을 끊음으로써 하나의 생명체가 되어, 보이지 않는 인연의 끈으로 묶이고 살아가지 않던가.

산다는 것은 '끈'을 잇는 일이며 인연의 끈을 끊는 일은 죽음에 이르는 것인지도 모른다는 생각이 들었다.

사라진 명화名畫

헬스장에 등록했다. '몸짱'이 되겠다느니 근력을 키우겠다느니 식의 계획이 있어서가 아니었다. 사는 동안 건강한 삶을 유지하고 싶은 바람에서였다. 그러니 절실함 같은 것은 없었다. 가능한 매일 갈 것이나, 그것에 얽매이고 싶지는 않았다.

처음 몇 달은 시간을 정하지 않고 틈나는 대로 갔다. 그러다보니 빠지는 날이 많아졌다. 헬스장에 나가지 못하는 날은 이래저래 핑계거리를 찾느라 머리가 바빠졌다. 나와의 약속이라 해도 지킬 것은 지켜야 했다. 아무래도 나는 잠이 많은 편이지만 새벽시간이 좋겠다 싶었다. 주 5회 정도면 적당할 것이었다.

헬스장에 들어서면 빠른 템포의 음악이 흐른다. 살아 있다는 것을 절로 느끼게 한다. 헬스장은 새벽 5시부터 밤 11시까지 바쁘게 움직인다. 직장인과 학생들은 주로 저녁시간 이후에 몰려오고 주부들은 오전 10시경부터 운동을 시작한다. 성인 남자들은 바벨 등 주로 웨이트

기구를 이용하고 여자들은 사이클, 러닝머신, 아령과 스트레칭 등을 주로 한다.

거리로 향한 전면의 통유리 창을 빼고는 헬스장 삼 면이 모두 거울 벽이다. 거울을 통해 나의 움직임은 물론 다른 사람이 운동하는 모습을 볼 수 있다. 저마다 땀을 흘리며 자신의 건강을 위해 열심이다. 그들에 비하면 나는 건달이다. 힘들다 싶으면 중단하고 어려운 자세는 피한다. 젊은이들의 활기찬 모습만 봐도 내가 절로 건강해지는 기분이 들었다. 나도 모르게 남들이 운동하는 모습이나 헬스장 곳곳을 두리번거리는 버릇이 생겼다.

중량重量 원반이 쌓인 쪽 가까이에 천장과 맞닿은 네모 거울 기둥이 하나 있다. 네모 기둥 한 면 아랫부분에 긴 실금이 났다. 나는 그 금을 볼 때마다 불안했다. 며칠 전만 해도 기둥 밑 부분에 금이 10㎝ 정도였다. 갈라진 금은 날이 갈수록 길어지는 것만 같았다.

"관장님, 거울이 왜 이렇게 깨져요? 저번엔 금이 작아서 표시가 안 났는데…."

아들 또래의 젊은 관장은 학생들이 운동하다 쉬면서 기둥에 기대앉아 그런 것 같다면서 나중에 거울을 교체할 것이라 했다. '그런 줄 알았더라면 금이 작게 났을 때 창호지라도 붙여둘걸.' 시기를 놓친 것 같아 아쉬웠다.

그가 이곳을 인수한 지는 석 달이 채 안 된다. 하지만 전보다 훨씬 활기가 넘친다. 젊은 양반이 언제나 싱글벙글하며 헬스장을 누빈다. 부지런한 그가 손수 쓸고 닦아 실내는 전보다 깨끗하고 넓어 보인다. 그는 늘 웃는 얼굴이다. 나 같은 몸치들에게 개별지도는 물론 구령에 맞추어 스트레칭 하는 법도 열심히 알려준다.

얼마 전, 길 건너 맞은편에 새롭게 헬스장이 들어섰다. 들리는 소문에는 시설이 이곳보다 최신식이며 트레이너도 더 실력이 있는 사람이라고 했다. 나는 은근히 이곳 헬스 관장이 걱정되었다. 나처럼 연회비를 이미 낸 회원이 다수인데다 신입 회원도 크게 늘지 않아 운영에 어려움이 있을 것만 같았다. 엄마 마음이 되어 우리 헬스장이 굳건하기를 기도했다. 굳이 돈 들여 새 거울로 바꾸지 않아도 되게 금이 간 부분에 꽃그림을 붙여주고 싶었다.

"저어 관장님, 아랫부분만 금이 갔는데 제가 손 좀 써볼까요?"

그의 얼굴에 고마운 표정이 잠깐 스쳤던 것 같다.

어렸을 때 마당과 면해 있는 우리 집 마루 유리창에는 계절과 상관없이 가끔 꽃이 피었다. 방울꽃이 앙증맞게 필 때도 있고 매화꽃이 예쁘게 피어날 때도 있었다. 어머니 솜씨로 우리는 다양한 꽃들을 감상할 수 있었다. 유리를 바로 갈지 않아도 되었고 꽃 모양이 달라지니 보기에도 좋았다.

이튿날 나는 가방에 창호지와 먹물, 붓과 가위, 풀을 넣고 헬스장으로 갔다. 새벽 타임에 오는 직장인들이 운동 끝나는 시간대여서 실내는 한적했다. 매화치기에 적당한 시간이었다. 나는 도구들을 바닥에 펼쳤다. 그런 후 거울에 금이 간 부분을 다시 살폈다. 매화의 크기를 가늠하며 방향을 정했다.

거울은 지紙요, 창호지는 필筆, 가위는 벼루고 풀은 묵墨이었다. 나만의 문방사우다. 금이 크게 간 부분에 매화 한 가지를 쳤다. 그 위에 한 번 덧붙이니 굽은 가지에 입체감이 났다. 잔 빗금을 따라 짧고 긴 곁가지가 뻗었다. 매화 가지에는 인고의 풍상을 겪으며 작고 여린 꽃망울이 방울방울 맺히고 막 터질 듯한 부푼 꽃봉오리도 드문드문 맺혔다. 눈을 따라간 어느 가지 끝에 하얀 매화 한 송이가 활짝 피었다.

건너편에서 러닝머신을 타던 꽁지머리 여자회원이 수건으로 땀을 닦으며 다가왔다.

"어머, 거울 속에 매화꽃이 피었네. 흰 매화네요?"

나는 흐뭇한 미소를 살짝 지었다.

"밋밋한 것보다 매화꽃이 피니 거울이 보기 좋아요."

옆에서 어느 회원이 한마디 거들었다. 누군가를 위해 좋은 일을 한 것 같아 기분이 좋았다. 다른 한편으로는 노인네의 수고가 안타까워 예의로 그러는 건가 싶어 멋쩍기도 했다.

보름이 지났다. 헬스장에 들어서자 무언지 허전한 기분이 들었다. 뭐지? 나는 두리번거리면서 곳곳을 살폈다. 아! 매화, 매화가 보이지 않았다. 꽃잎 한 장 없이 매화는 사라졌다. 새 거울이 내 앞에 서 있었다. 금이 가는 거울을 보다 못한 관장이 회원들의 안전을 위해 교체한 것이었다. '진즉 말해줬으면 좋았을 것을. 괜한 짓을 했구나.' 새 거울 속에

한 남자가 민망한 얼굴로 서 있다. 두 사람은 계면쩍게 웃었다.

내색하지는 않았지만 사라진 매화꽃이 아쉬웠다. 깨끗한 거울로 바뀐 것은 좋지만 나의 명화가 어디론가 사라져버린 것이다.

못 다 핀 매화는 어디에서 꽃잎을 떨구고 있으려나.

팡파르가 울리는 집

늦은 봄, 고추모 다섯 주를 사다가 베란다 화분에 심었다. 고추모는 잘 자라 곁가지가 뻗고 초록잎 사이로 두세 개의 하얀 꽃이 앙증맞게 피었다. 아침에 물을 주는데 잎 뒤에 도돌도돌 진딧물이 보였다. 입으로 '훅' 불어봤지만 꿈쩍도 하지 않았다. 물을 뿌리며 손으로 떼어내려다 엄한 고춧잎을 뜯어냈다. 이삼 일 지나자 진딧물은 더욱 촘촘히 불어났다. 그걸 보니 내 몸에 벌레가 스멀스멀 기어다니는 것만 같았다. 진딧물 없애는 데 식초가 좋다고 들었다. 주방에 있는 감식초를 분무기에 담아 흠씬 뿌려주었다.

저녁나절 빨래를 걷다가 고추모를 들여다보았다. 아뿔사! 잎사귀와 줄기, 잎 뒤에 붙은 진딧물까지 끈끈하게 코팅이 되었다. 식초에 물을 섞어야 했는데, 원액을 뿌렸던 것이다. 올해에는 무공해 고추 좀 따먹을까 했는데 틀려버렸다.

혼자 살다보니 살아 있는 무언가를 돌보는 것이 귀찮다. 개는 배변

치우고 목욕시키는 게 힘들고, 물고기는 어항 청소가 만만치 않다. 무엇보다 물비린내가 싫다. 그래서 나는 아무것도 기르지 않는다. 어떡하나, 진딧물에 다시 물을 뿌려볼까 했지만 이도 귀찮아졌다. 화분을 들고 아파트 화단으로 내려갔다. 죽거나 말거나 일단 거기 한쪽 귀퉁이에 놔두고 볼 참이었다.

마침 이튿날 비가 내렸다. 다행히 감식초 코팅이 빗물에 씻겨나가고 진딧물도 말끔히 사라졌다.

며칠 지나자 고추나무에 생기가 돌면서 하루가 다르게 가지가 뻗더니 서로 다투듯 꽃이 피어났다. 꽃이 지는가 했는데 어느새 눈곱만한 고추가 맺히기 시작했다. 날마다 그것을 들여다보는 재미가 여간 쏠쏠한 게 아니었다. 혼자 보기 아까울 지경이었다. 태풍이 오면 커다란 비닐봉지를 씌워주었다. 볕이 좋고 바람이 잘 통하는 화단이 베란다보다 훨씬 나았다. 구기자만 하던 고추는 쑥쑥 자라 통통하게 살이 올랐다. 그루마다 여남은 넘게 고추가 열렸다. 모두 몇 개인가. 올해는 고추를 실컷 따 먹을 수 있겠다 싶었다.

저녁에 된장찌개에 넣을 고추를 따러 내려갔다. 그런데 아침나절까지 있었던 빨간 고추들이 보이지 않았다. 사흘 전 붉은 고추 한 줌을 따서 열무김치를 담그려 했는데 덜 익어서 남겨두었던 것이다. 그러고 보니 풋고추도 눈에 띄게 줄었다. 손을 탔나보다. 가끔 잔가지가 꺾여 있었지만 설마 했다. '나쁜 사람, 양심도 없지.' 화분을 다시 집안으로 들여놓았다. 며칠 후 가지마다 꽃망울이 잔잔하게 맺혀갔다.

밤이 되었다. 또르르 또르르…. 베란다 쪽에서 들리는 소리는 크고 맑았다. 익숙한 소리가 싫지 않았다. 소리를 따라 살금살금 베란다 쪽으로 가는데 인기척에 놀랐는지 뚝, 그쳤다. 분명 고추 화분에서 나는 소리였다. 귀뚜라미일까? 곤충에 대해 아는 것이 없으니 궁금증만 더했다. 화단에서 화분을 들일 때 놈이 숨어서 따라 들어왔나보다. 도대체 어떻게 생긴 녀석일까? 조심스럽게 찾아봤지만 소용없었다. 몸집이 아주 작은 게야. 그런데 어찌 그리도 청아한 소리를 뽑아낼 수 있을까? 기분이 좋은 채로 잠자리에 들었다.

다음 날에도 또르르 또르르…, 녀석은 꼭두새벽부터 나를 깨웠다.

친구와 마신 와인 한 잔 탓일까, 집으로 오는 길이 왠지 쓸쓸했다. 되도록 천천히 걸었다. 아파트 창으로 흘러나오는 불빛이 따스해 보였다. 옥수수 알갱이가 듬성듬성 빠진 듯 불 꺼진 창을 눈으로 더듬어 내 집을 짚어보았다. 5층, 6층, 7층…. 헷갈린다. 이때가 나는 제일 싫다. 불 꺼진 창이 말해주는, 아무도 없다는 저 쓸쓸한 부재의 신호. 나를 반기며 문을 열어주는 누군가가 있었으면 싶었다.

현관에 발을 들였다. 집안이 환해지며 팡파르가 울려 퍼졌다. 전연 생각지도 못한 소리였다. 은쟁반을 구르는 듯 청아하고 리드미컬한 팡파르가 어스름한 베란다 저쪽에서 울려퍼졌다.

또르르 또르르…. 아! 네가 있었구나.

나도 모르게 눈물이 핑 돌았다.

세월이 준 선물

지팡이를 짚은 깔끔한 차림의 노파가 맞은편에서 다가온다. 천순분 씨다. 그는 한글공부 하러 교회에 가는 길이라며 멋쩍게 웃었다.

"나만 그런 줄 알았는디, 가보니까 나 같은 사람 많더라구요."

실버대학생이 된 그 나름대로의 변辯이다. 그녀는 매주 월요일과 수요일 10시부터 12시까지 교회에서 공부하고 점심을 먹고 온다고 했다. 그를 안 지 3년쯤 됐지만 이처럼 밝고 환한 표정은 이번이 처음이었다.

그는 굽은 허리로 유모차를 밀면서 파지를 찾아 거리를 누빈다. 나는 오며가며 그를 먼발치서 여러 번 보았다. 어느 날 우리 집 동 호수를 알려주며 한번 찾아오라고 했다. 해거름에 들른 그에게 몇 달치 쌓아놓은 신문을 내주었다. 요즘엔 신문 보는 집이 적어서 귀하다며 익숙한 솜씨로 신문을 유모차에 착착 실었다.

하지가 지났다. 쉼터 나무 그늘에서 마늘을 까는 중이었다. 지나가던 그가 다가와서 마늘을 까주었다. 이튿날은 일부러 우리 집에 와서는 남은 마늘을 까면서 그는 마늘껍질 벗기듯 자신이 살아온 얘기를 털어놨다.

"김제에서 살았어요. 직장 다니던 남편이 병으로 세상을 떴어요. 혼자 농사지어 딸 셋과 막내아들을 다 가르쳤어요. 눈만 뜨면 들에 나가 종일 허리 한번 펴보지 않고 일했어요. 옥수수가 익어도 딸 새가 없어서 한번 쪄먹어 보지도 못하고 소여물로 준 적도 있어요. 아들이 서울 큰딸네서 대학 졸업하고 취직하자 땅 팔고 집 팔아 고향을 떠났어요. 그때 많이 울었죠. 딸네 근처에 아파트 사서 아들이랑 둘이 살다가 혼인시켜 지금은 함께 살아요."

시골에서 농사만 짓던 사람이 어떻게 그 힘든 일을 하게 되었나 궁금했다. 내 속을 들여다본 것처럼 그녀는 말을 이었다. "서울 오니까 일 안 해서 참 좋았어요." 하루는 길에서 처음 본 여자가 다가왔단다.

"할머니, 저기 박스 많은데 나랑 주워서 고물상에 갖다 팝시다."

얼떨결에 둘이서 끙끙대며 박스를 들고 고물상에 갖다 팔았고 두 사람은 돈을 나눠 가졌다. 그게 시초였다. 딸은 동네 창피하다고 펄펄 뛰고 아들 며느리도 못하게 하지만 지금은 자식들이 포기했다.

"'돈이 보이는디요. 장사를 해도 밑천이 드는디…. 자존심이 밥 먹여주나?"

표정 없이 큰소리 한번 안 내고 조곤조곤 할 말은 다 한다. 그가 나와 같은 동에 살고 있다는 것도, 그의 이름도 그때 알았다.

1960~70년대에는 넝마주이를 어렵지 않게 볼 수 있었다. 그들은 벙거지를 깊이 눌러쓰고 꾀죄죄한 차림으로 고개를 푹 숙이고 다녔다. 파지, 빈병 헌 고무신 등을 집게로 집어 커다란 망태기에 넣고, 담 밖 콘크리트 쓰레기통도 뒤졌다. 고물을 모아 엿으로 바꿔먹던 시대였다. 어렵게 살던 우리 역사의 한 페이지다.

그는 아들 며느리가 출근하면 손주들 깨워 씻기고 밥 먹여서 하나는 유모차에 태우고 하나는 걸려서 어린이집에 데려다준다. 그리고 빈 유모차에 파지를 주워서 고물상에 가져간다. 며느리 퇴근 전에 어린이집에서 아이를 데려와 씻긴 후 며느리가 오면 함께 저녁을 먹는다. 그런 후 다시 밖으로 나가 마트 밖에 내놓은 박스를 줍는다.

나는 신문과 박스를 모아두었다가 가끔 그 집 현관문 옆에 갖다놓았다.

요즘은 파지 줍는 노인이 많아졌다. 젊은이들도 자전거나 리어카, 용달차 등을 마트에 대놓고 박스를 가져간다. 내가 힘든 일 그만두라고 하자, 2~3년 후 새로 짓는 아파트로 이사 가면 정리할 것이라고 했다. 며느리가 주는 용돈과 노령연금에 파지 팔아 모은 돈을 합쳐서 매달 백만 원씩 은행에 적금을 붓는데, 이번 것은 아들 몫이라고 했다. 세 딸들에게 차례로 천만 원씩 주었다며 순박하게 웃었다.

애써 농사지은 옥수수 한번 쪄먹지 못하고 소여물로 줬다며 아쉬워하던 그, 낼 모레면 팔십 중반인데 훗날 먹어보지 못한 그 '옥수수'처럼 흘러간 것에 대한 아쉬움이 없었으면 좋으련만.

●

동네 과일가게에서 그를 자주 만난다. 그가 불쑥 한마디 한다.

"성경을 떠듬떠듬 읽는디 재미가 있어요."

여느 때 내가 한글공부 재미있냐고 물어보면 돌아서면 잊어버린다고 하던 그다. 마치 한글을 깨친 아이가 거리의 간판을 읽으면서 뿌듯해하고 신나하는 표정이다.

"우와, 짝짝짝. 드디어 해내셨네요. 그거 알아요? 천순분 씨 지팡이 짚은 모습이 얼마나 멋진지."

조락凋落의 뜰에서 구부러진 몸으로 지팡이 짚으며, 친구랑 음식점 메뉴를 보면서 먹고 싶은 것도 골라먹고 눈을 깜빡이며 직접 셈도 치르는 그의 행복해하는 모습을 자주보고 싶다.

젊었을 때, 나는 직장생활하며 일인다역으로 늘 피곤했다. 남매가 성가하여 자기 길을 잘 헤쳐나가는 걸 보면서, 한번 태어나는 삶인데 틀에 박힌 생활에서 벗어나고 싶었다. 고심 끝에 정년 11년을 앞두고 명예퇴직 했다. 맨 처음 한 일은 몇 날 며칠을 푹 잠만 자는 것이었다.

지방 할아버지 병원 건물에서 진료하는 딸이 인테리어를 하겠다는 말을 들었다. 할아버지는 구한말에 휘문고보와 경성치전(서울치대)을 졸업하고 고향 예산에서 치과병원을 개원하셨다. 연세가 들면서 건물을 개조해 점포를 만들어 임대하고 17평 좁은 실내에서 진료를 보았다. 딸은 할아버지께 달마다 용돈을 조금씩 드리고 병원 이름도 그대로 '삼달치과'로 물려받았다. 그 좁은 곳에서 환자들과 호흡하는 딸이 안쓰럽던 차에 나는 인테리어를 하지 말고 병원을 지으라고 권했다. 딸은 돈이 없다며 엄두를 내지 못했다. 나는 서울 내 집을 담보로 대출을 받았다. 예산 딸네서 지내며, 병원 터 매입에서 건물을 짓고 완공에 이르기까지 직접 발로 뛰며 올인했다. 우물 안 개구리인 나는 처음으로 집 짓는 일을 하면서 시행착오도 하고 아쉬운 점도 많았다. 하지만 딸은 서른세 살에 5층짜리 자기 병원 건물에서 진료를 한다. 내가 살면서 가장 잘한 일이라고 생각한다. 성격이 깔끔한 딸은 힘든 상황에서도 나에게 받은 돈을 나누어서 모두 갚았다.

친한 친구가 교장으로 정년퇴임했다. 그녀와 나는 젊은적 약속한 대로 내 발로 씩씩하게 걸을 수 있을 때 아프리카와 중남미 여행을 시작으로 세계 곳곳을 누볐다. 이 또한 잘한 일이다.

나는 틈틈이 여기 기웃 저기 기웃하며 배우고 싶은 걸 배우며 시간이 지나면서 자연히 좋아하는 쪽을 고르게 되었다. 지금은 글밭에서 시간을 보낸다.

'노년'은 지난 세월 동안 내가 깨달았던 모든 것이 절정에 달하는 순간이다. 누군가의 말처럼 다가올 시간이 살아온 시간보다 값진 것이 된다면 나의 노년은 지상에서 받는 단 한번의 '특별한 선물'이다.

건강을 챙기고, 책을 보며 글밭에서 지내는 것이야말로 선물 받은 '노년'에 답하는 길이 될 것이다.

백설이 창문 앞에 날리네

이사 와서 사흘째 맞는 아침이다. 일어나 창밖을 보니 세상이 온통 하얀 눈으로 뒤덮였다. 올 겨울 들어 처음 맞는 함박눈이다.

김진섭(1908~?)은 "눈이 내리면 온 세상이 일제히 고요한 환호성을 소리 높이 지르는 듯한 느낌이 난다"고 그의 수필 「백설부白雪賦」에서 이야기했다. 나에게도 흰 눈은 무어라 형언키 어려운 기쁨으로 밀려왔다.

창문을 열었다. 알싸한 공기와 함께 손등에 눈꽃이 사뿐히 내려앉았다. 내 손등을 간질이던 눈꽃은 이내 스르르 녹아버렸다. 이 눈꽃은 어느 구름에서 왔을까.

창가에서 망연히 아침 눈을 바라본다. 언제부터 내렸던 것일까. 참고 참았던 서러움을 토해내듯 끝이 보이지 않는다. 구만리 머언 하늘로부터 난무하는 눈송이들은 서로 부딪칠 듯, 부딪침 없이 내린다.

소파와 침대 등 큰 가구들은 제자리를 찾았지만, 거실과 주방 바닥에 널브러진 잡동사니의 자리를 찾는 데는 시간이 꽤 많이 걸렸다. 밖은 꽁꽁 얼어붙어 나갈 엄두가 나지 않았다. 나는 비상시를 대비해 준비한 '햇반'을 데우거나 빵과 우유, 과일 등으로 대충 끼니를 때우기로 했다.

가스레인지와 싱크대의 수평을 맞추려고 주문한 레인지 받침대는 이틀 뒤에나 도착한다고 연락이 왔다. 물건을 정리하던 중 주방 바닥에서 낯익은 전기 쿠커를 발견했다. 이사할 때 싱크대 구석진 곳에서 챙겨온 10년쯤 된 것이다. 쿠커의 선을 콘센트에 꽂으니 빨간 불이 들어왔다. 스위치를 좌우로 돌려보았다. 급한 대로 그것을 사용하기로 했다. 쌀을 씻어 안쳤다. 얼마 지나지 않아 하얀 김을 내뿜으며 밥이 끓었다. 아, 밥 냄새! 나도 모르게 혼잣말이 흘러나왔다. 시장이 반찬이라 했던가. 갓 지은 고슬고슬한 쌀밥에 김치를 얹어 먹으니 다른 반찬이 필요 없었다. 따끈한 숭늉이 마시고 싶었다. 밥알이 눌어붙은 쿠커에 물을 반쯤 붓고 스위치를 저온에 두었다.

영어학원에 가기 위해 아침 9시 20분쯤 집을 나선다. 학원은 걸어서 30분 거리에 있다. 눈이 오고 날도 궂은데 하루쯤 영어공부를 빠져도 좋으련만 몸에 밴 습관은 어쩔 수 없나보다. 하얗게 쌓인 눈이 충동질한 때문인지도 모르겠다. 희뿌연 하늘에선 여전히 함박눈이 내리고 있었다.

"창밖을 보세요Look out of the window."

강의가 시작되었다.

"그런데 눈이 오는 날에는 무척 조용해지는데 당신은 그 이유를 아십니까? 아마 눈이 소리를 흡수하기 때문일 것입니다Maybe the snow absorbs the noise."

영어강사는 눈 오는 날에 어울리는 멋진 서두로 수업을 전개했다.

'맞아. 눈은 세상의 모든 소리를 머금었고 세상의 모든 색깔을 덮어버렸어.' 그 말이 멋있다는 생각이 들었다. 나는 입속으로 그 말을 중얼거렸다.

노트를 하려고 필통을 열어보니 달랑 샤프 연필 하나뿐이다. 가뜩이나 우중충한 날씨와 흐린 형광등 불빛 때문에 샤프로 쓴 글씨는 흐릿했다. 그 글씨 위로 전 주에 공부한 볼펜 글씨 내용이 선명히 드러났다.

끓는 물은 대단히 뜨겁다Boiling water is very hot. — 현재분사

끓은 물은 마시기에 안전하다Boiled water is safe to drink. —과거분사

아차! 끓는 물Boiling water. 내 몸은 그대로 마비가 되었다. 주방 바닥에서 하얀 김을 내뿜던 쿠커가 떠올랐던 것이다. 외출 전에 콘센트를 확인했어야만 했다. 벌써 한 시간은 됨직했다. 머릿속이 하얘졌다. 요란한 소리를 내면서 아파트 단지에 들어선 소방차, 새까만 연기, 불꽃, 모여든 인파…. 순간 내 코에서는 밥 타는 냄새와 고무가 녹을 때 나는 냄새가 진동했다. 벌떡 일어나 교실을 급히 빠져나왔다. 사람들이 왜 그러냐고 나를 불렀지만 아무 소리도 들리지 않았다. 발이 후들거려

바닥에서 떨어지지 않아 2층 계단을 어떻게 내려왔는지 모른다. '나에게 날개가 있다면…. 택시가 바로 잡힐까?' 입안이 바짝 말랐다. 호랑이한테 물려가도 정신을 똑바로 차리라고 했다. 앞집과는 아직 인사도 트지 않았다. 그때 옆 동에 사는 지인 얼굴이 떠올랐다. 그에게 전화를 걸었다.

"큰일났어요. 저 좀 도와주세요. 저희 집 현관번호는…."

일각여삼추一刻如三秋, 아니 일 초가 수십 년 같았다. 내 속은 까맣게 타들어갔다. 하나님, 도와주세요! 나도 모르게 그분을 불렀다.

그리고 얼마 후 핸드폰이 울렸다.

"코드 뽑았어요. 냄비 속이 새까맣게 타고 쓴 냄새가 진동을 하네요."

나는 고맙다는 말을 하고 또 했다. 천만다행이었다.

원수遠水는 불구근화不救近火요, 원친遠親은 불여근린不如近隣이라 했다. '먼 곳의 물은 가까운 곳의 불을 끄지 못하고, 멀리 있는 친척은 가까운 이웃만 못하다'는 말처럼 오늘 나는 이웃 덕을 톡톡히 보았다. 그런데 내 코에서 나던 그 쓰디쓴 냄새는 그 전화를 받고 나서 신기하게도 사라졌다.

생각해보면 어떻게 필통에 달랑 샤프 하나만 있었을까. 그리고 전 시간 수업에서 현재분사와 과거분사의 예문이 '끓는 물'이었는지 궁금할 따름이다. 노자老子의 말처럼 세상의 모든 것은 '연계'된 것일까.

수증기가 구름 되고 구름은 모든 땅에 눈비가 되어 내린다. 다시 봄이 오고 겨울은 언제 온 적이 있었냐는 듯 녹아내린다. 계절의 순환에 함께하는 것은 좋은데, 나이 들수록 한 박자 늦는 이해가 유감스럽기만 하다.

오늘 한나절은 참으로 길었다.

Part Ⅲ

달개비꽃

나방

거실 벽에 나방 한 마리가 붙어 있다. 파리보다 작고 색깔은 희다. 고개를 돌리니 다른 쪽 벽이랑 천정에도 그림처럼 서너 마리가 붙어 있다. 아차! 그때서야 모든 것에는 전조현상이 있다는 것을 알았다.

며칠 전 벽에 붙은 나방 한 마리를 보았지만 대수롭지 않게 여겼다. 왜냐하면 나는 결벽에 가까울 만치 깔끔하기 때문이다. 마트에서 배달된 쌀은 아직 포대를 뜯지 않았고 콩과 팥 같은 잡곡은 봉지에 담아 냉장고에 갈무리했으니 나방 같은 것이 생길 리 없다. 그런데 이 녀석들은 어디에서 온 것일까.

탐색전에 들어갔다. 집안 곳곳을 살피다가 다용도실 문을 열었다. 나방 여러 마리가 날아다니는 것을 보고 깜짝 놀랐다.

얼마 전, 친지가 농사 지은 보리쌀 5kg을 보내왔다. 보리쌀을 선호하지는 않지만 밥할 때 조금씩 넣으니 구수했다. 미숫가루도 하고 아들네도 좀 주고 두어 공기 남은 걸 다용도실 작은 항아리에 담아놓고는 까맣게 잊고 있었다. 항아리 뚜껑을 열다가 하마터면 뚜껑을 놓칠 뻔했다. 하얀 벌레들이 뚜껑 안쪽과 항아리 벽에 붙어 이미 고치를 친 상태였다.

시장에서 구멍이 숭숭 뚫린 벌레 먹은 열무를 보면 무공해 열무라고 반기며 김치를 담갔지만 이건 아니다. 벌레가 있는 보리쌀을 음식물수거통에 넣으려고 비닐봉지에 모두 담아 묶어두었다. 그런데 곡식을 버린다는 것이 선뜻 내키지 않았다. 한 톨 낱알이 되기까지 농부의 땀방울이 떠오르며 선뜻 곡식을 버린다는 것이 양심에 걸렸다. 어쩌면 한국전쟁 때 꽁보리밥도 없어서 못 먹던 때가 내 안에 각인된 것인지도 모르겠다.

마룻바닥에 보자기를 펴고 그 위에 보리쌀을 쏟아 편편하게 펼쳤다. 1㎝가 족히 넘는 통통한 벌레들이 꿈틀거리며 기어나왔다. 사방팔방으로 걷잡을 수 없이 빠르게 돌아다녔다. '언제 이렇게 살이 쪘지?' 보호색을 띠어서였을까, 벌레가 그렇게 많은 줄 몰랐다. 펼쳐놓은 보자기에는 이제 보리쌀만 남았다. 도망치는 벌레들을 비닐봉지에 쓸어담았다. 그런데 갑자기 장난기가 발동했다. 실한 놈 한 마리를 골라 표지가 까만 책 위에 올려놓고 확대경으로 관찰했다. 지렁이처럼 마디로 된 몸에 진밤색 외눈이 도독하게 박혔다. 핀셋으로 몸을 뒤집으니 배가 무딘 톱날처럼 요철로 되어 있다. 뒤집혀서 낯선 허공을 허우적대던 놈은 레슬링 선수처럼 몸을 발딱 뒤집더니 사각의 링 위에서 끊임없이 탈출을 시도한다. 마디마디 숨구멍의 미세한 솜털이 사뭇 빠르게 흔들렸다. '뛰어야 벼룩이지.' 놈을 낚아채 휴지 위에 올려놓고 핀셋으로 지그시 누르자 '톡' 액체가 쏟아지고 바람 빠진 풍선처럼 쪼그라든다.

어느 틈에 방 문짝에 고만고만한 놈 세 마리가 몸을 고무줄처럼 늘였다 줄였다 하며 암벽등반 중이었다. 행동이 여간 빠른 게 아니었다. 방에 들어갈 새라 얼른 방문을 닫았다. 혹시나 하고 문 안쪽을 보니 역시나 그곳에도 한 놈이 있었다. '약삭빠른 놈', 놈은 그렇게 오르기만 하는데 문짝 아래 한 뼘쯤 되는 곳에 죽은 듯이 꼼짝 않는 '이상한 놈'이 보였다. 화장지로 떼려니 다른 놈처럼 쉽게 떨어지지 않고 몸에서 거미줄 같은 실이 나왔다. 고치를 짓고 있었다. 벽에도 여러 놈이었다. 나방을 휴지로 하나하나 떼어냈다. 높은 데는 의자를 이용했다. 한 놈인 줄 알았는데 가까이에서 보니 짝짓기를 하는지 두 놈이 함께 붙어 있었다. 벌레소탕은 한 시간쯤 걸려 끝이 났다.

보리쌀을 바구니에 넣고 손바닥으로 바구니를 툭툭 쳤다. 하얀 가루가 보자기에 떨어졌다. 벌레들의 배설물이었다. 창문을 열어 환기시키고 청소까지 마치자, 숙제를 끝낸 듯 홀가분해졌다.

마룻바닥에 큰 대 자로 누워서 기지개를 켰다. 그런데 천정 구석에 벌레 한 놈이 다시 보였다. 하지만 그 벌레만큼은 나도 어쩌지 못했다. 그냥 내버려두기로 했다. 그곳까지 오른 벌레의 노고가 안쓰러워서라고 한다면 지나친 비약일까.

"짜아식! 너 오늘 운 좋은 줄 알아라."

친구모임일이다. 내가 '보리쌀 벌레' 얘기를 하자 친구들의 반응이 제

각각이다.

"나 같으면 비닐봉지에 담아서 바로 버리겠다. 쌀도 아닌데"라며 나의 답답함을 말하는 친구가 있는가 하면, "고단백이잖아. 튀겨 먹으면 맛있겠다. ㅎㅎㅎ 태국인지 어딘지 벌레 먹는 나라도 있다"며 장난을 거는 친구도 있었다. "나도 보리쌀에 벌레가 생겼었는데 밥에 넣어 먹기는 좀 그렇더라. 찬바람 날 때 푹 삶아서 된장에 버무렸더니 된장이 참 구수하더라. 호수공원에 가지고 가서 잉어에게 던져도 주고"라며 생활의 지혜를 알려주는 친구와, 아예 아무 말도 하지 않는 친구도 있었다.

나는 보리쌀에서 나온 벌레를 처음 보았다. 처음에는 징그러웠지만 그 딱딱한 낱알에서 생명이 나오고, 큰 벌레가 조그만 나방으로 탈바꿈하는 것도 신기했다.

내가 벌레를 보고 '약삭빠른 놈', '이상한 놈'이라 칭했지만 그것은 생존을 위한 그들 나름대로의 몸짓이었다. 그들에게 항아리 속은 작은 우주였다. 그렇다면 우주 속 나도 한 마리의 벌레일 수 있다. 아늑하고 둥근 세상 속에서 풍요를 누리던 놈의 입장에서 보면 나는 침입자이고 살육자이며 한편으로는 자비롭기도 한 변덕스런 존재일 것이다. 보리쌀 벌레는 보리쌀만 먹는다. 나도 보리쌀을 먹는다. 놈이나 나나 보리쌀을 축내는 건 별반 다르지 않은 '보리쌀 벌레'이다.

그동안 나는 깔끔한 척했지만 그렇지 않았다. 벌레를 잡으려 허둥대는 동안 천정 높이 오른 놈은 나의 허虛를 찌르지 않았나. 그나 나나 다를 게 뭐 있겠는가.

달개비꽃

정오의 땡볕은 아스팔트를 뜨겁게 달구며 열기를 내뿜었다. 그림자도 덩달아 내 발밑에서만 맴돌았다. 실눈을 뜨고 양산 그림자에 시선을 고정한 채 길을 길었다. 시들부들한 풀잎이 양산 그림자 속으로 들어왔다. 하수구 아래 달개비였다. 보라색 꽃을 피운 달개비가 하수도 바닥에서 덩그마니 혼자 살고 있었다. 아니, 버티는 중이었다.

절벽 바위 틈에 서 있는 소나무를 본 적이 있다. 보도블록 틈에 핀 노란 민들레꽃도 기억난다. 담벼락 틈을 비집고 나온 이름 모를 풀도 보았다. 그런데 어떻게 이런 데서 꽃을 피웠는가. 그들 나름의 방식이겠으나 어쩐지 나는 마음이 쓰였다.

나는 쪼그리고 앉아서 하수도 속을 찬찬히 들여다보았다. 한 줌도 안 되는 썩은 수채 흙속에서 달개비가 뿌리를 내렸다. 그 주변엔 낙엽, 담배꽁초, 지푸라기가 수북했다. 어쩌다 이런 곳에다 뿌리를 내렸을까? 지상의 달개비 씨앗이 튀어 이곳으로 들어가 발아했을 것이다. 그 무렵

운 좋게 큰 비가 오지 않아 살아남았을 달개비꽃. 생명은 기묘하고 오묘함 속에서 깃든다.

나는 외출할 때마다 달개비를 들여다보는 버릇이 생겼다. 달개비가 궁금해서 일부러 그쪽 길로 산책을 하기도 했다. 달개비는 나날이 짙푸르러 갔다.

하수도 옆에는 키가 큰 느티나무가 서 있다. 느티나무는 보도블록 위에 나란히 놓인 두 개의 벤치에 여름내내 그늘을 드리운다. 지팡이를 짚고 산책하는 병색 짙은 노인도, 손자를 돌보는 할머니들에게도 이곳은 쉼터가 되어준다.

느티나무 밑에는 질경이, 강아지풀, 달개비들이 오순도순 모여 살았다. 새침데기 달개비꽃은 미풍에도 푸른 꽃잎을 살랑댔다. 나는 벤치가 비어 있을 땐 곧잘 앉아서 신비롭고 사랑스런 달개비꽃을 마냥 들여다보곤 했다. 음습하고 냄새나는 하수도 속에서 시들어버릴 녀석이 떠올라 가여운 마음이 들었다.

소나기가 오락가락했다. 학원 승합차가 덜커덩, 소리를 내며 하수도 위를 지나갔다. 달개비 잎이 흔들렸다. 아파트 경비아저씨들이 나무그늘에 앉아 쉬는 중이었다. 화단 옆에는 그들이 베어놓은 젖은 풀더미가 수북이 쌓여 있었다. 아차, 싶었던 나는 서둘러 하수도로 갔다. 하수도 속에는 진초록 이파리 사이로 삐죽이 올라온 달개비꽃 너덧 개가 수줍게 웃고 있었다.

며칠이 지났다. 연일 내리던 비가 그치는가 싶더니 7호 태풍 곤파스가 밤새도록 비바람을 몰고 왔다. 오래 전에 보았던 〈허리케인〉이라는 영화에서처럼 자연재해 앞에서 속수무책인 인간의 모습이라니. 먼 얘기가 아닌 현실이었다. 베란다 창밖에 매달린 에어컨 실외기는 밤새 덜컹댔다. 창문은 마구 흔들렸다. 길 건너 플라타너스는 칠흑 같은 어둠 속에서 유령같이 온몸을 휘둘렀다. 뜬눈으로 밤을 새우고 아침에 잠깐 눈을 붙였다. 느지막이 밖으로 나갔을 때는 언제 그랬냐는 듯 하늘이 청명했다. 아파트 단지의 배경이 되었던 큰 나무 몇 그루가 쓰러졌다. 무더운 여름, 시원한 그늘을 선사했던 느티나무도 뽑혔다. 그 나무는 배추 뽑히듯 뽑혀 주차해놓은 승용차 두 대를 덮쳤다. 쓰러진 나무들은 통나무로 잘린 채 담 옆에 쌓여 있었다.

든 자리는 몰라도 난 자리는 표가 난다더니, 느티나무의 빈자리는 집이 한 채 사라진 것처럼 허전하기만 했다. 나무가 뽑혀나간 텅 빈 벤치에는 따가운 햇볕만 내리쬐었다. 그동안 음덕을 베풀던 나무였는데…. 나는 전장에서 시신을 찾는 마음으로 느티나무를 더듬어 찾아보았다. 누워 있는 통나무는 고만고만해서 쉽게 찾을 수가 없었다. 곁가지에 매달린 잎을 보고서야 간신히 그를 알아보았다. 나이테를 보고 그가 스물세 살이라는 것도 알았다.

그때 하수도의 달개비 생각이 났다. 녀석도 이번 태풍에 온전할 리 없겠지. 하지만 녀석은 아무 일 없었다는 듯 하수도 창살 틈으로 화사한 얼굴을 내밀었다. 그뿐인가. 하수도 속을 살피던 나는 깜짝 놀랐다.

작은 풀꽃의 아련하고 수줍던 모습은 찾아볼 수 없었다. 비바람이 몰고 온 흙과 쓰레기더미로 터를 넓힌 달개비는 몰라보게 몸집을 불려나가는 중이었다. 몸을 옆으로 누인 채 줄기 마디마디에 뿌리를 내리며 게걸음으로 사방팔방 재빠르게 뻗어나갔다. 머지않아 긴 하수도를 다 덮을 기세였다.

온전히 자기 왕국을 세우려는 것일까. 지나침은 모자람만 못하다. 세상 무서운 줄 모르고 저러다가 경비아저씨들 손에 뽑혀나갈까 걱정이다.

처음 달개비를 발견했을 때, 지저분한 하수도 안에서나마 씩씩하게 살아주기만을 바랐던 내 마음은 조금씩 흔들리고 있었다. 녀석을 뒤로하고 돌아서는 내 마음이 또 다른 감정으로 아려왔다.

하얀 씀바귀꽃

봄바람을 느끼고 싶어 집을 나섰다. 등으로 쏟아지는 햇살의 따사로움과 볼에 와닿는 꽃샘바람의 차가움을 즐기면서 천천히 걸었다. 걷다 보니 동네에 있는 채소가게 앞이었다. 이곳은 봄이 한걸음 먼저 와 있었다. 좌판에는 봄동이며 냉이와 달래가 작은 소쿠리에 담겨 있었다. 누런 잔뿌리가 실몽당이처럼 엉켜 있는 것은 씀바귀라고 했다. 뿌리를 조금 떼어 맛을 보았다. 쌉쌀했다. 입맛 없을 때 씀바귀나물을 먹던 생각이 나서 한 무더기 사왔다.

뿌리를 씻어 저녁 찬거리로 조금 덜고 남은 것은 반찬통에 담아 냉장고 안쪽으로 밀어넣었다. 덜어놓은 씀바귀를 초고추장에 무쳐 맛을 보았다. 쌉싸래한 맛은 맞는데 전에 먹던 그 맛이 아니었다.

삼월이 끝나가는 어느 날, 냉장고 청소를 하면서 안쪽에서 반찬통 하나를 꺼냈다. 뚜껑을 열었다. 까맣게 잊고 있던 씀바귀였다. 반찬그릇 가득히 하얀 싹이 돋고 있었다. 음식물 쓰레기통에 쏟아버리려던 마음을 바꾸었다. 그냥 버리기에는 그 추운 곳에서 싹을 틔운 씀바귀가 애잔했다. 화분에 심어 화초를 가꾸듯 길러보기로 했다. 베란다에 흙이 반쯤 담긴 빈 화분에 뒤엉켜 있는 뿌리를 펴서 올려놓고 흙을 살살 뿌렸다. 여린 싹이 부러질 새라 흙을 토닥이지도 못했다.

며칠 후 화사하게 꽃을 피우는 영산홍 화분 옆에서 씀바귀는 삐죽삐죽 연두색 잎이 비늘처럼 돋았다.

나뭇잎이 싱그러운 윤기를 뿜어내던 어느 한나절, 대전에 사는 조카딸이 울면서 전화를 했다.

"이모, 어쩌면 좋아요? 오빠가 간경화 말기래요."

청천벽력 같은 소식이었다. 조카 나이 이제 마흔셋이다. 조실부모하고 어렵게 공부해 의사가 된 조카는 여동생을 먼저 결혼시키고 느지막이 자신도 가정을 꾸렸다. 얼마 전 식사를 잘 못하고 자주 피곤해한다는 말을 듣기는 했지만 병원일이 힘들어 그런 줄로만 알았다. 도무지 믿기지 않았다. 나는 조카에게 전화를 걸었다.

"이 녀석아, 남의 병은 고치면서 왜 네 병은 키웠어. 그래도 의술이 좋아졌으니까 나을 수 있어. 우리 희망을 갖자."

자신이 B형간염 보균자라는 것을 알면서도 적극적으로 치료하지 않은 조카가 미웠다. 작은언니만 살아 계셨어도 이런 일이 없을 텐데, 안타까웠다. 훗날 언니를 만나면 뭐라고 말을 해야 할지. 나는 조카를 위해서 기도 말고는 달리 할 게 없었다.

곡우가 지나면서 날이 포근하고 바람도 훈훈해졌다. 씀바귀는 잎이 여러 장으로 불어나면서 하얀 꽃 한 송이를 피워냈다. 외로웠지만 찬란한 축복이었다. 여느 씀바귀 꽃보다 조금 작아 보이는 그것은 노란 꽃술이 촘촘히 박혀 있었다. 바람에 가녀린 몸을 살랑거리는 모습이 마치 눈, 코, 입, 손발톱 등 아기자기한 갓난아기가 입을 삐죽이며 선하품을 하는 모습 같다.

하얀 씀바귀 꽃을 보면서 조카가 떠올랐다. 이 꽃은 길조吉兆라는 생각이 들었다. 씀바귀는 냉장실 추운 곳에서도 눈[目]을 틔웠고 꽃을 피워 우리들에게 좋은 소식을 전하는 듯했다. 씀바귀는 이런 악조건에서도 꽃을 피워냈는데, 하물며 만물의 영장인 사람인데야. 나는 떨리는 손으로 하얀 꽃을 카메라에 담았다. 지금은 조카에게 꽃 이야기를 못하지만 훗날 이 꽃 사진을 함께 보면서 간절했던 내 마음을 전할 수 있으리라.

조카딸에게 꽃소식을 전하자 마냥 울기만 했다. 씀바귀 꽃은 하루가 지나자 그 작은 입을 오므리더니 저녁이 되자 꽉 다물어버렸다. 나는 이파리도 꽃잎도 만지지 못했다. 한 줄기 불안한 마음이 스쳤지만 이내 고개를 저었다. 지지 않는 꽃이 있으랴. 꽃은 짐으로써 다음 꽃을 맺는 법이다. 화원에서 영양제를 사다가 씀바귀 화분에 꽂아주었다.

조카에게는 간 이식만이 최선이라고 했다. 어려서부터 서로 의지하고 살던 조카 남매는 성격이 무던하고 착한데다 유난히 우애가 좋았다. 조카딸은 오빠의 상태를 안 뒤로 고민하여 체중이 급속도로 줄었다. 그럼에도 오빠에게 간 이식을 해주어야 한다는 마음을 다지고 있었다. 조카사위는 갓난아이가 있고 몸이 약한 아내에게 무슨 일이 생길까봐 걱정되어 강경하게 반대했다.

"당신한텐 오빠만 있고 아이들과 남편인 나는 보이지도 않는 거야?"

그런데도 초등학교에 입학한 딸아이와 갓난아이가 있는 조카며느리는 시누이에게 모든 희망을 걸었다. 사정도 하고 심한 말도 하고 이모들에게 시누이를 설득해달라고 전화를 했지만, 우리는 조카딸에게 어떤 말도 할 수 없었다.

외출에서 돌아오는데 따가운 보도블록 틈을 비집고 노란 씀바귀 꽃 한 송이가 피었다. 걸음을 멈추고 다가갔다. 살짝 스쳐가는 바람에 흔들리는 꽃잎은 건강하고 생기가 있었다. 시들시들한 우리 집 씀바귀 생각이 났다.

'그래, 햇빛과 물, 공기를 담뿍 받을 수 있는 자연으로 내보내자.'

나는 화분과 꽃삽을 들고 화단으로 나갔다. 어디가 좋을까. 언젠가 경비아저씨가 화단의 잡초를 낫으로 베던 게 생각이 났다. 되도록 화단 깊숙한 벽 쪽으로 땅을 깊게 팠다. 흙은 어제 내린 비로 축축했다. 씀바귀 뿌리에 붙은 흙이 떨어지지 않도록 넓게 떠서 심었다. 나는 기도하는 마음으로 흙을 다졌다. 눈물인지 땀인지 모를 물 한 방울이 내 뺨을 타고 흘렀다.

이튿날 화단에 나가 보았다. 적응하는 중인지 씀바귀가 풀이 죽어 있었다. 나는 집으로 올라가 얼마의 물을 챙겨와 씀바귀에 뿌려주었다. 이삼 일 후 생기가 돌면서 씀바귀 줄기는 다시 꼿꼿해졌다. 진즉 내보낼 걸 그랬다. 씀바귀는 어느새 주변의 달개비랑 강아지풀과도 낯을 익힌 듯하다. 저들은 매일 무슨 얘기들을 하는 걸까.

조카의 근황이 궁금했지만 전화하기가 조심스러웠다. 다만 다른 형제를 통해 전해들을 수 있었다. 아프기 전, 틈틈이 진료봉사를 다녔다던 조카. 그는 집에서 쉬면서 서울의 종합병원을 오가며 치료에 열중했다. 지성이면 감천이라고 했던가. 조카는 2008년 10월 간 이식수술을 받을 수 있었다.

신화 속 프로메테우스처럼 조카의 간은 재생되었다. 그에게 고난은 끝이기를 바라면서 그의 건강을 위해 기도한다.

짝짝이 전성시대

문우모임에서 식사 후 차를 마시다가 K의 이야기를 듣고는 배꼽잡고 웃었다.

며칠 전 그는 사무실 근처에서 구두를 닦는데 구두닦이 소년이 "사장님, 양말이 짝짝인데요"라고 말하더라는 것이다. 그는 자기 발을 내려다보고서야 검정과 감색의 양말을 짝짝이로 신고 온 것을 알았다. 아침에 부인이 내주는 대로 신고 나왔는데 서랍장의 어두운 불빛 때문에 알지 못했던 것이다.

"아, 요즘 '짝짝이'가 유행인 것 몰라요?"

그는 얼렁뚱땅 그 순간을 넘겼다.

사전에서 찾아본 '짝짝이'는 '다른 짝끼리 합해진 한 벌'이고, '한 벌이나 한 쌍을 이루는 것'이 짝이었다.

그런데 '짝짝이'가 유행이라는 그의 말은 사실이었다. 며칠 전 친구와 백화점에 갔다. 여대생이 되는 친구의 친척에게 줄 선물을 사기 위해서였다. 지하 1층 액세서리 코너 진열장에는 고만고만하고 예쁜 귀고리가 불빛 아래에서 반짝였다. 그런데 한쪽은 천사, 다른 쪽은 십자가였다. 자세히 보니 모두 다른 것으로 조화를 이룬 '짝짝이콤비'였다. 그간에 보아온 한 '짝pair'을 이루는 것은 모양이나 색이 같은 것, 모양이나 색이 같아도 크기와 길이가 다른 것, 또 비슷한 색끼리였다.

한 쌍의 연인이 들어온다. 남자가 가리킨 쪽은 '짝짝이 콤비' 코너였다. 연인이 골라준 짝짝이 귀고리는 사랑스러운 여자의 귓불에 매달려 달랑거리며 아기별처럼 반짝였다. 판매원은 '짝짝이 콤비' 손님층은 대개 20대라고 했다. 말이 끝나기 무섭게 친구는 '짝짝이 콤비' 귀고리를 샀다. 그런데 내 눈에는 영 낯설기만 했다. 세대차이일까. 요즘은 혼수도 옷장과 침대를 따로따로 장만하는 게 유행이라고 하니 내가 시대에 뒤떨어졌는가보다.

백화점을 벗어나 몇 걸음 채 못 가 신발매장 쇼윈도에 '짝짝이' 슬리퍼가 눈에 들어왔다. 검정색 슬리퍼 발등 위엔 큼직한 빨간 나비 한 마리가, 다른 한 쪽은 하얀 날개에 몸통은 초록색 잠자리가 앉았다. 그런대로 잘 어울렸다. 정형화된 어울림에서 벗어나 '세트 문화'에 변화의 바람이 불고 있음을 실감했다. 그런데 자꾸만 초록 잠자리의 하얀 날개가 눈앞에 아른거렸다. 몇 걸음 걷다가 자석에 끌린 듯 되짚어가 그 슬리퍼를 사고야 말았다.

전동차에 앉자마자 나는 쇼핑백에서 슬리퍼를 슬쩍 꺼냈다. 무릎 위에 올려놓고 슬리퍼에 손을 끼우자 초록 잠자리가 하얀 날개를 팔랑거렸다.

테니스 선수는 오른쪽 팔의 길이가 더 길다. 몸의 각 부분은 본시 똑같지는 않아도 거의 같게 태어나지만 직업이나 생활습관에 따라 모양이나 길이, 크기가 조금씩 달라진다. 나는 새 장갑을 꼈을 때 왼쪽은 쉽게 들어가 편한 반면, 오른쪽은 조이는 듯한 느낌이 든다. 새 신을 신었을 때도 마찬가지다.

나는 남대문시장에서 장만한 하늘 색 면바지를 즐겨 입는다. 집에서만 입는 바지이기는 하나, 마음에 들어 자주 입는 편이다. 얼핏 봐서는 모르지만, 자세히 보면 바지 한 쪽은 연한 하늘색이고, 다른 쪽은 조금 더 짙은 하늘색으로 색이 '짝짝이'인 바지이다. 바짓단 부분에 잔잔하게 수놓은 예쁜 방울꽃 때문일까, 아니면 짝짝이가 낯설고 눈설었지만 나도 모르게 고정틀을 깨고자 시도한 때문일까. 아무려나 나의 이런 반란이 싫지만은 않다.

10원 짜리의 숨은 역할

비디오 기기가 고장났다. 고쳐야지 하면서 차일피일 미루다가 서비스센터에 가지고 갔다. 비치된 종이에 모델명과 구입 년월일을 쓰고 기기를 맡긴 후 순서를 기다렸다. 내 차례가 되었다. 탁자 위에는 복잡한 부품들이 널브러졌다. 분해된 내 비디오 기기 부품들이었다.

"집에 애들 있으시죠?"

기사는 10원짜리 동전 하나를 보여주면서 아이들이 기계에 동전을 넣고 작동하다가 고장난 것이라고 했다. 가끔 집에 오는 천방지축 손자 녀석이 떠올랐다.

"동전이 기계에 들어가 테이프가 작동하면서 프로그램 스위치와 핀치롤러가 부러진 거예요. 교체하시겠습니까?"

"교체하면 오래 쓸 수 있을까요?"

비디오 기기를 산 지 거의 10년이 되어 잠시 망설였지만 기기 속이 깨끗하다는 기사의 말에 고쳐 쓰기로 했다. 비용은 2만3천원이었다.

기사가 종이에 싸준 10원짜리 동전을 손바닥에 올려놓았다. 햇빛을 받은 동전은 금화처럼 반짝이며 양각의 다보탑을 드러냈다. 동전을 뒤집으니 2003이라는 숫자가 선명하다. 2003년에 만든 동전은 손때가 묻긴 했지만 색깔이 밝고 문양이 또렷했다.

"야, 너 때문에 도대체 네 몸값의 몇 배를 지불한 거냐?"

동전한테 무슨 말이라도 하고 싶었다. 주변 시선에 멋쩍어 동전을 다시 종이에 싸 동전지갑에 넣었다. 문득 10원짜리 동전으로 생긴 일이 떠올랐다.

오래 전, 다섯 살짜리 친척집 아들이 집에서 10원짜리 동전을 삼켰다. 사색이 다 된 아이를 안고 병원 응급실에 가서 동전을 꺼냈다. 하마터면 기도가 막혀 큰일날 뻔했다. 아이의 아버지는 그 동전을 액자에 넣었다가 아들이 장성하면 주겠다고 했다. 나도 왠지 그 생각이 나, 다른 동전과 분리해 보관하기로 했다. 집에 오자마자 화장대 서랍에 따로 넣어두었다.

며칠 전 버스를 탔다. 핸드백에는 교통카드도 없고 만 원짜리뿐이었다. 순간 당황했지만 혹시나 해서 가방 속을 샅샅이 뒤져보았다. 오래된 동전지갑이 잡혔다. 오백 원짜리, 백 원짜리, 십 원짜리. 모두 손바닥에 꺼내놓고 보니 790원이었다. 버스 요금이 800원인데 10원이 모자랐다. 찝찝했다. 동전을 요금함에 넣으면서 기사에게 아쉬운 소리를 해야만 했다.

10원짜리 동전으로 내가 살 수 있는 것은 무엇이 있을까? 아무리 생각해도 쉽게 떠오르지 않는다. 사람들은 길에 떨어진 10원짜리를 외면한다. 집에서도 10원짜리는 서랍이나 지갑 안에 얌전히 누워서 기약 없는 잠을 잔다. 그러나 10원이 요긴하게 쓰일 때가 의외로 많다는 것을 알게 되었다.

상품 가격 10원을 깎아 끝 단위를 90원으로 한 '90원 마케팅'을 하는 유통업체들에게는 귀하신 몸이 아니던가. 결혼 10년 만에 어렵게 작은 집을 장만한 부부가 내는 취득세의 끝 단위 몇 십 원은 기쁨과 감격이 배어 있다.

나는 방안이 건조해서 큰 그릇에 물을 담아놓을 때나 화병에 꽃을 꽂을 때 10원짜리 동전 두세 개를 넣어둔다. 구리에서 발생하는 음이온으로 물이 빨리 썩지 않기 때문이다. 미나리를 씻을 때 놋수저 대용으로 동전 댓 개를 넣고 한 시간쯤 놔두면 신기하게도 거머리가 그릇바닥에 있다. 골프장 퍼팅그린에서 볼 마커용으로 쓰이는 10원짜리 동전은 항상 내 골프 가방에 들어 있다. 모 지방에서는 10원짜리 동전을 녹여 만든 팔찌와 목걸이가 유행한 적도 있었다고 한다.

화장대 서랍을 열어 전에 넣어두었던 10원짜리 동전을 꺼낸다. 개구쟁이 손자 녀석의 얼굴이 다가온다. 지금은 그런 적이 있나 싶게 훌쩍 커버린 아이. 10원짜리 동전을 보면서 행복한 추억에 잠길 수도 있다는 사실에 웃음이 난다.

유영遊泳하는 오필리어

스페인의 7월은 불볕더위로 연일 40도가 넘는다. 버스를 타고는 느낄 수 없는 더위지만 차에서 내리면 금방 숨이 턱 막힌다. 관광 일정이 끝나면 호텔 수영장에 몸을 담가야지 생각한다. 막상 방에 들어가 수영복을 갈아입다가 갈등과 마주한다. 수영도 못하면서 수영복만 그럴싸해보일까 염려되는 것이다. 끝내 명품 새 수영복은 물에 적시지도 못했다.

여행에서 돌아오자마자 동네 수영장에 등록했다. 새벽시간은 대부분 직장인들이었다. 왕초보인 나는 다른 일정상 새벽반에 들었다. 때때로 새벽에 일어나려면 하루쯤 땡땡이치고 싶은 마음이 굴뚝같지만, 가뜩이나 젊은이들한테 뒤지는데 그럴 수는 없었다. 졸린 눈을 부비며 수영장에 갔다. 막상 물에 들어가면 잘 왔다는 생각이 먼저 들었다.

스타트 부분의 수심은 1.2m지만 서서히 깊어져 맨 끝으로 가면 1.5m 깊이이다. 그곳 바닥에는 발판을 깔아놓았다. 나는 그 발판에서 숨도 고르고 잠깐씩 쉬곤 했다. 갑자기 안 하던 운동을 하려니 아무래도 체력이 달렸다. 각 레인의 경계선은 둥근 고리를 연달아 낀 플라스틱 줄이다. 숨이 차거나 힘에 부칠 때 그것을 잡고 쓰윽 앞으로 나가는 도움줄이고, 허우적대다가 잡는 생명줄이기도 하다. 물속에서 25m의 레인은 나에게 운동장 열 바퀴만큼이나 멀게 느껴진다. 키가 작은 나는 3분의 2쯤 지나면 물에 빠질까봐 미리 겁을 먹는다. 잔뜩 힘을 준 뻣뻣한 몸은 물에 그대로 가라앉았고, 코로 입으로 물을 먹어 머리가 띵할 때가 많았다.

'휘익~' 카리스마 넘치는 강사의 손가락 휘슬이 실내를 찌렁찌렁 울렸다.

"힘 빼~ 팔은 최대한 뻗어."

'어디다 대고 반말이여. 누구는 태어나면서부터 잘하냐?' 아들보다 한참 어린 강사의 말에 어이가 없다.

"어머니가 물과 싸워서 이길 것 같아요? 물에 맡겨요. 물을 타야지요."

강사의 말이 틀린 것이 아니다. 그러나 여전히 물이 무서운 걸 어쩌랴.

토요일은 자유수영을 한다. 원하는 시간에 강사 없이 자유롭게 수영을 한다. 수영 경력 30년이 넘는 회원과 레인을 쉼 없이 25바퀴씩 도는 다른 사람들을 피해 나는 맨 끝 레인에서 자유형을 연습했다. 말이 자유형이지 내 실력은 간신히 물에 떠서 힘겹게 가다 서다를 반복하는 정도였다.

평영만 하는 한 개구리 아주머니는 70대 후반으로 체격이 크고 활달한데 외모와 달리 다른 사람과 부딪힐까봐 지나치게 몸을 사린다. 그는 다리를 절룩이는데, 물에서는 개구리와도 같다. 어느 날, 열심히 나아가나 싶었는데 곧 누군가와 부딪혔다. 고개를 드니 그가 짜증난 얼굴로 내 앞에 버티고 서 있었다. 부딪히는 것이 싫어서 가장자리에서만 연습했는데 무슨 일인가 싶었다. 알고 보니 나는 반듯하게 간다고 했는데 마음과 달리 삐딱하게 가서 중앙선을 침범했다. 정중하게 사과를 하자 그는 언제 그랬냐는 듯 초보 때는 다 그렇다며 웃어주었다.

그는 4~5년 전 어두운 지하철 계단을 내려오다가 계단 하나가 남았을 때 발을 헛디뎌 크게 다쳤다고 했다. 회복단계에서 또 한번 뜻밖의 사고를 당해 중상을 입어 한 쪽 팔과 다리에 쇠심을 박았다는 것이다. 그 사고후유증으로 다리를 절고 늘 수영으로 하루를 시작하는데 쇠심 때문에 팔을 돌리지 못해 어쩔 수 없이 평영만 하는 중이었다.

차츰 물에 익숙해지면서 나도 평영을 배우고 싶었다.

"자유형을 잘하니 이제 평영을 해봐요."

내 속마음을 알아챈 듯 말하는 그가 더 고마웠다. 처음에는 개구리 뒷다리처럼 갑자기 다리를 오므렸다 쫙 펴려니 다리에서 쥐가 났다. 기를 쓰고 레인 끝에 다다르면 멀리서 지켜보던 그가 엄지와 검지를 붙여 오케이 사인을 보내주었다. "머리 들 때 호흡해야지요. 발을 모았다가 양 옆으로 힘껏 차야지요." 그는 강사보다도 더 자상하게 가르쳐주었다.

또 한 분은 몸집이 작고 물을 가르는 모습이 마치 인어 같다. 자유형과 배영만 하는 그분에게 배영을 배웠다. 이들 말고도 여러 사람들을 알게 되었다. 강사가 "자유형 일곱 번요" 하면 앞장서서 출발하는 씩씩한 여자는 유방암을 이겨낸 분이다. 이제는 샤워장에서 서로의 등을 닦아주며 농담도 하고 밥도 같이 먹으며 허물없이 지낸다.

모든 것은 내가 직접 부딪혀봐야 한다. 강사에게 수영을 배우려던 나는 뜻밖에 좋은 분들을 만나 쉽고 재미있게 수영을 하고 있다. 매사에 소심한 나는 수영을 통해서 '하면 된다'는 자신감도 얻었다. 그럭저럭 2년 동안 '십전대보탕'이라는 수영장물을 대책 없이 먹으며 꾸준히 운동한 탓에 건강도 많이 좋아졌다.

레인 세 개만 남기고 줄을 걷어낸 넓은 수영장에서 젊은이들이 다이빙을 한다. 사람이 적어서 자유롭게 수영을 하다가 배영하려고 물 위에 누웠을 때 뜬금없이 중학교 때 본 영화 〈햄릿〉의 한 장면이 떠올랐다. 햄릿의 연인 오필리어가 제정신이 아닌 채 머리에 들꽃을 꽂고 요정처럼 하늘거리는 옷을 입은 채 숲속을 헤매는 장면이었다. 시냇물을 만나자 그곳에 누워 한 송이 꽃처럼 물살에 잠기면서 흥얼대며 떠내려갔다.

나는 눈을 감은 채 오필리어처럼 물에 몸을 맡겨보았다. 내 몸은 믿기지 않을 만치 가벼워지며 물 위에 떴다. 나는 한 송이 꽃이 되어 어딘가로 흘러가고 있었다.

참새와 홍시

화초 감나무는 나목裸木이 되어 두 팔 올린 자세로 서 있다. 휘어진 굵은 가지에는 잔가지가 얽혀 있다. 잔가지에 드문드문 달라붙은 감꼭지 사이로 꽃처럼 작고 붉은 감이 열렸다.

참새들이 화초 감나무에 날아들어 '짹짹'인다. 족히 스무 마리는 넘을 듯싶다. 여느 때 못 보던 풍경이다. 무슨 일일까? 나는 감나무를 올려다보았다. 동쪽으로 뻗은 가는 가지 끝에 열린 감이 말랑해 보인다. 홍시다. 참새 한 마리가 홍시가 달린 가지에 앉자 가지가 크게 출렁인다. 자칫, 가는 가지가 부러질 것만 같다. 가지가 잠잠해지자 새는 홍시 옆으로 바짝 다가앉는다. 또 한번 출렁이던 가지가 잠잠해질 즈음 참새는 짧고 단단한 부리로 홍시 꼭지 옆을 '콕' 쪼고는 머리를 든다. 조심하는 게 역력하다. 마치 '물 한 모금 입에 물고 하늘 한번 쳐다보고, 또 한 모금 입에' 무는 병아리 같다. 그런데 '콕' 찍을 땐 가지가 내려가고, 머리를 들면 가지가 올라온다. 마치 참새가 시소를 타는 것 같다.

드디어 홍시가 뚫렸다. 홍시를 쪼던 녀석이 작은 구멍에 부리를 대고 과육을 찍어 먹자 가지가 흔들렸다. 가지가 다시 잠잠해지자 또 한번 찍어 먹는다. 참새의 시소놀이가 시작됐다. 첫 번째 새가 날아가고 두 번째 참새가 과육을 두 번 쪼고 있을 때 세 번째 새가 다가왔다. 그런데 가지는 더 이상 출렁이지 않았다. 홍시 속의 과육이 줄어든 때문일까? 잠시 후 약속이나 한 듯 그들은 하나같이 두 번씩 쪼아먹고는 자리를 떠났다.

서편 나뭇가지에 앉은 참새들도 바쁘다. 새 한 마리가 짧은 부리로 감을 두드린다. 그들은 감이 익었는지 탐색 중이다.

까치 한 마리가 커다란 날개를 펼치며 감나무 위를 지나서 하늘 높이 날아갔다.

홍시에 난 구멍이 넓어졌다. 그런데 좀처럼 자리를 뜨지 않는 녀석이 있다. 반칙이다. 옆에서 기다리던 놈이 다가서자 부리로 찍어 쫓는다. 그때, 어디선가 참새 한 마리가 날아오자 독식하던 녀석이 슬그머니 자리를 뜬다. 세상에 영원한 강자는 없는가보다.

홍시는 주둥이가 넓은 항아리 모양이 되었다. 항아리 입구에 참새 두 마리가 정답게 마주 앉았다. 그 속에 머리를 집어넣고 꽁지깃을 하늘로 치켜든 채 감을 두 번 찍어 먹고는 날아간다. 잠시 후 다른 두 마리 새가 날아와 감 항아리에 먼저처럼 자리를 잡는다. 참새는 균형을 잡을 줄 아는 것 같다.

홍시가 말갛게 비친다. 투명한 빈 항아리에는 한낮의 햇살이 가득하다. 항아리에 참새 한 마리가 날아든다. 빈 항아리에 작은 몸을 구겨넣는가 싶더니, 감 항아리는 찰흙으로 갓 빚은 소꿉처럼 이내 찌그러진다. 그 모양이 마치 배[船] 같다. 나무 위의 배, 녀석은 작고 달콤한 일인용 감배를 탄다. 배 밖으로 치켜든 꽁지깃은 마치 돛대 같다.

해거름에 화초 감나무에게 갔다. 새들은 한 마리도 보이지 않았다. 감 껍질 다섯 개가 바람 빠진 풍선 모양 축 늘어진 채 가지에 매달려 있다. 머지않아 그것은 말라 떨어지고 꼭지만 남게 될 것이다. 이제 감은 달랑 네 개뿐이다.

해마다 아파트 화단에 화초 감이 열리지만 나는 눈여겨보지 않았다. 참새 떼가 몰려와 홍시를 찍어먹는 것을 보기 전까지는.

가만히 지켜보니 그들에게도 규칙과 질서가 있었다. 감이 잘 익은 날에 모두 모여서 잔치를 열었다. 또한 지혜롭고 조심성이 보였으며 인내심도 대단했다. 그들이 욕심을 내고 규칙을 지키지 않았다면 어떻게 되었을까. 새들은 감 항아리 속이 거의 비었을 때 아예 그 속에 들어앉아서 알뜰하게 과육을 마저 쪼아먹는다. 과육 한 방울도 허실이 없다.

참새는 쪽빛 하늘 바다에서 감 배에 몸을 싣고 풍류를 즐긴다. 참새에게 한 수 배운다.

백세리百歲梨

배나무에 탐스러운 배가 주렁주렁 열렸다. TV에서 방영하는 천안의 배나무 수령은 무려 103살이었다. 천안에선 1909년에 재배를 시작해 현재 재배 농가수가 1,117호가 된다. 과육이 부드럽고 맛이 달며 과즙이 많은 천안배는 1986년부터 미국과 호주 등으로 수출하고 있다.

천안시는 2009년 3월, 시 승격 50주년을 맞아 100살 되는 천안 배나무를 기념수로 선정했다. 한 과수원(김정훈 41년)에서 최고령 신고 품종 배나무를 기증받아 국립수목원에 검증을 의뢰해 수령 95년임을 확인하고 시청사 광장에 심었다. 백 살 된 배나무라 하여 백세리百歲梨로 이름지었다.

나이가 많아 뿌리 내리고 가지를 만드는 시간도 오래 걸렸다. 열매는 다 크기도 전에 떨어졌다. 천안시는 전지, 화접, 병충해 방제를 체계적으로 관리해 8년 만에 60여 개의 배를 수확했다. 사람들은 길조라고 기뻐했고 배나무 옆에서 소원을 비는 이도 있었다.

배를 한 입 베어문 사람이 과즙을 뚝뚝 떨어뜨리며 말했다.

"배가 너무나 달고 시원하네요. 고령의 나무에 열린 배라서 더 맛있는 것 같아요."

배나무의 최고 수명은 약 300년, 경제수명經濟壽命은 30~40년이라는데 백세리에 배가 열리다니, 그를 보고 싶은 마음이 간절했다. 이튿날 큰 맘 먹고 그를 찾아나섰다. 내려가는 동안 여러 가지 상념에 사로잡혔다.

클로드 모네(1840~1926)는 76살에 수련을 그리기 시작했고, 테너 플라시도 도밍고(1941~)는 80을 바라보는 나이에 결장암 수술을 받고 일 년도 못되어 무대에 서는 대기록을 세웠다. 그의 좌우명은 '쉬면 녹슨다If I rest I rust'이다.

누구나 나이를 먹고 또 늙어간다. 하지만 늙는 것은 나이와 상관없다. '젊은 늙은이'라는 말처럼 꿈을 잃으면 젊어도 늙는다. 나이는 젊은데 녹슨 인간들이 얼마나 많은가.

내 삶은 내가 주인공이다. 자신에게 주어진 재능과 가능성을 유감없이 발휘하면서 사는 사람은 행복한 사람이다.

따가운 가을 햇살이 광장에 내리쬐었다. 봉긋한 잔디 위에 고풍스럽고 기품 있는 모습으로 그가 서 있었다. 그런데 배는 보이지 않고 잎만 무성했다. TV 화면에서 본 그 많은 배는 도대체 어디로 다 사라진 걸까? 고령수에 열리는 과일을 먹으면 오래 산다는 속설 때문에 배를 다

딴 것일까. 혹시나 하는 마음으로 고개를 젖히고 샅샅이 살폈다. 높은 가지 나뭇잎 속에 숨은 배 하나를 어렵게 찾아냈다. 까치밥으로 남겨놓았지 싶다. TV 속에서나 보았던 희귀한 배를 만나서 기뻤다.

나무둥치 한 쪽으로 외과수술을 한 흔적(시멘트)이 보였다.

'아팠지, 얼마나 외로웠을까.'

안쓰러운 마음에 그를 쓰다듬었다. 순간 그가 나에게 한풀이하듯 속삭이는 소리가 환청처럼 들렸다. 나도 모르게 나무에 귀를 바짝 갖다대었다.

"우리 마을에 살면 가끔 나무병원의 치료를 받으며 친구들이랑 잘 살텐데, 100주년이라고는 하지만 하필 제일 나이 많은 나를 꼭 뽑아야 했는지. 젊고 건강한 나무를 택했어야지. 처음엔 원망도 하고 투덜댔지. 죽을 고비를 몇 번 넘기면서 살아야 한다는 절실함을 느꼈어. 그리고 나도 자존심이 있잖아. 인간들의 이기심을 떠나 살뜰하게 보살펴주는 손길이 고마워 나도 모르게 마음을 열고 몸을 추슬렀어."

'응, 잘했어. 역시 백세리야, 축하해.'

점점 그가 대견스러워졌다. 백세리는 축복이다. 먼 길이었지만 오길 잘했다는 생각이 들었다.

그를 만나고 천안역에서 지하철을 탔다. 백세리가 했던 말을 곱씹어본다.

나는 맨 먼저 폭풍우에 맞서서 땅속 깊이 뿌리를 내렸다. 뿌리는 땅

속에서 물과 무기양분을 흡수하여 줄기로 내보내고, 줄기는 가지로, 가지는 한껏 번져나갔다. 가지에서 세상 밖으로 나온 어린잎들은 저마다 손바닥을 쫙 펴서 햇빛을 담뿍 받으며 양분을 만들었다. 푸른 잎들은 꽃을 피우고 곁을 지나는 누구에게라도 그늘을 내주었지만, 한 잎 한 잎 다시 떨어져야 하는 고독한 존재였다. 나는 나목裸木이 되어 긴 겨울을 견디며 봄을 기다렸다.

유산流産의 아픔을 겪었고, 희끗희끗 저승꽃도 피고 몸 여기저기에 옹이도 박혔다. 밑동엔 나이테가 한 해에 하나씩 늘어간다. 나이를 다 세어 무엇하랴. 백은 떼고 그냥 셋이다. 아기를 품은 엄마이기에 온 그루에 모인 정情이 천 송이 만 송이 꽃을 피웠다. 꽃은 날개다. 존재감 없던 나는 가지마다 끝을 따라 겹겹이 꽃날개를 활짝 펴자 찬탄과 사랑 속에서 나비와 벌이 화사한 꽃그늘에 숨으며 절정에 이르렀다. 하지만 하늘이 시샘이라도 하듯 바람이 세차게 불고 비가 내렸다. 바람이 아니어도 절정과 낙화 사이는 순간이었다.

폭풍이 있었기에 튼튼해졌고, 실패가 있었기에 겸손을 배웠으며 눈물이 있었기에 진정한 행복이 무엇인지 알았다. 꽃을 떠나보내고서야 소중한 열매를 얻었다.

차창 밖이 어둑하다. 지나온 나의 삶이 백세리의 삶과 닮았다는 생각이 들었다. 포기하지 않고 여기까지 걸어온 내가 대견스럽다.

Part IV

고수를 만나다

약속

오랜만에 K보습학원장을 만났다. 요즘도 봉사활동을 하고 있느냐고 물었다. 그는 학생들 기말고사가 끝나면 마술사와 함께 그곳에 갈 것이라고 했다. 나도 인형극을 하고 싶다고 하자 반색을 하며 마술공연과 함께하면 더 좋겠다고 했다. 우리는 아무 날에 만나기로 약속하고 헤어졌다.

창고에서 인형극 소품가방을 꺼냈다. 수염이 긴 사공 할아버지, 머리를 총총 땋아 내린 사내아이, 사슴과 뱀…. 사공 할아버지의 니트 옷을 빨아 입히고 탄력 잃은 뱀의 몸을 솜으로 꽉 채워주었다. 전처럼 매끄럽고 날렵한 뱀이 되었다. 인형극 소품을 손질하면서 갑자기 한 아이가 보고 싶어졌다. '그 아이는 날 알아볼까?' 나는 체증처럼 남아 있는 그 아이와의 약속을 떠올렸다.

3년 전 가을, K보습학원장이 인솔한 학생들 40명과 인형극 동호인들과 함께 강화도에 인접한 어린이요양원에 갔다. 원아들은 K원장에게 달려왔다. "학원엄마!" 그는 매달리는 아이들을 일일이 손잡아주고 안아주었다. 자원봉사자인 학생들도 원아들을 친동기간처럼 보살피며 휠체어에 태우고 능숙하게 밀어주었다. 아이들의 웃음소리는 바람을 타고 하늘 높이 퍼져나갔다.

강당 맨 앞쪽은 인형극을 하기 위한 무대였다. 무대에는 책상 한 개와 의자 둘을 놓았다. 객석은 넓은 마룻바닥이었다. 자원봉사 온 학생들은 아이들을 앞줄에 앉히고 자기들도 뒤쪽에 줄지어 앉았다. 복지사들은 유아들을 무릎 위에 안았다. 강당이 가득 찼다. 첫 번째 공연자 둘만 남기고 우리들은 밖으로 나와 차례를 기다렸다.

인형극을 처음 본 아이들의 웃음소리와 박수소리가 들려왔다. 내 차례는 맨 마지막이었다. 제목은 '이상한 나뭇잎'으로 일인다역극이었다. 나는 20여 분 동안 아이들 앞에서 맘껏 재롱을 부렸다. 나도 모르게 내가 맡은 역할에 흠뻑 빠져들었다. 아이들은 박수를 하며 큰소리로 웃었다. 슬픈 장면에서는 눈물을 글썽이며 나의 인형극에 몰두했다. 그들의 천진무구한 표정들 덕분에 나도 구연에 몰입할 수 있었다. 공연이 끝나갈 때는 조금 더 연장하고 싶은 욕심마저 생겼다.

공연을 마치고나니 바로 점심시간이었다. 마당가 정자에서 서둘러 밥을 먹고 원아들이 있는 방을 둘러보기로 했다. 아이들은 K원장이 준비해온 음식을 먹고 있었다. 두 개의 방을 지나 세 번째 방을 둘러보았다. 밥을 먹고 있는 원아들과 학생들이 어울려서 시끌벅적한데 창가에

덩그마니 혼자 앉아 있는 아이가 있었다. 그 아이는 눈이 유난히 예뻤다. 이름이 미영이라고 했다. 나이를 묻자 양손으로 검지를 세우는데, 나머지 손가락들이 구부러진 것이 손놀림마저 야물지 못했다.

"11살?"

아이는 고개를 끄덕였다.

옆방 창가 침대에는 열두세 살쯤 돼보이는 소녀가 그림처럼 누워 있었다. 소녀를 바라보는 내 눈빛이 유심했던지 방 가운데 앉아 아기에게 미음을 떠먹이던 복지사가 소곤댔다.

"누워서만 사는데 어렸을 때 들어와서 지금은 26살이에요."

그녀 목소리가 하도 나직해서 나도 모르게 그녀의 품으로 눈길을 떨어뜨렸다. 그녀가 안고 있는 아기는 눈을 감은 채 입안의 미음을 우물거렸다. 태어날 때부터 젖 빠는 힘이 약했단다. 아기는 연신 입가로 미음을 흘리며 계속 우물거리다가 간신히 조금씩 넘겼다. 스스로 먹지도 빨지도 못하는 아기였다. 먹는 본능, 빠는 본능마저 타고나지 못한 생명체도 있단 말인가. 불완전한 생명현상들이 너무나 참혹했다. 슬그머니 문을 밀고나와 바깥을 서성이다가 발길을 돌려 미영에게로 갔다.

"미영아, 우리 종이접기 할래?"

내 말이 떨어지자 미영이는 사물함으로 향했다. 순간, 나는 가슴이 내려앉는 줄 알았다. 아이는 엎드린 채 불편한 양손으로 바닥을 짚으며 몸을 끌고 가는 것이었다. 이곳 대부분의 원아가 그렇듯이 미영이도 미혼모가 낳은 아이였다. 아이가 사물함에서 색종이를 꺼냈다. 나는 그 옆으로 다가앉았다. 여섯 명의 아이들이 둘러앉았다. 나는 비교적 접기 쉬운 튤립을 천천히 접었다. 아이들의 표정은 하나같이 진지했다. 이어서 연필과 매미를 접었다. 미영이는 자기가 접은 매미에 검정 색연필로 두 눈을 그려넣었다. 아이들도 다투어 매미에게 크고 작은 눈을 그려주었다. 그런데 미영이는 다른 아이들보다 접는 속도가 빨랐다. 초록 색종이를 집어 저고리와 바지를 척척 접어내니 옆에 앉은 남자 아이가 신기해했다.

아이들은 종이접기한 것을 바닥에 죽 늘어놓고 손뼉을 쳤다. 그때, 3시부터 원아들의 예배시간이라는 방송이 들렸다. 그와 동시에 누군가 슬며시 내 손을 잡았다. 차가운 감촉에 흠칫 놀라, 나는 본능적으로 그 손을 뿌리쳤다. 돌아보니 미영이었다. 아이는 울 것 같은 표정으로 간절하게 다시 내 손을 잡으며 신음처럼 토했다.

"아이!"

나는 얼른 그 손을 꼭 잡아주었다. 너무나 미안했다. 아이들은 벌써 하나둘씩 방을 빠져나갔다. 내가 미영이를 일으켜 세우려고 하자 한 학생이 거들었다. 미영이는 혼자 서지 못했다. 셋이서 힘겹게 부축해 엘리베이터 앞에 다다랐다. 이제는 헤어져야 한다는 걸 아는지 미영이는 좀 전에 종이접기한 것을 손에 꼭 쥔 채 흔들면서 말했다.

"이야기할머니, 또 오실 거죠?"

미영이가 내민 작은 새끼손가락에 내 손가락을 걸며 고개를 끄덕였다. 때마침 복지사와 원아들이 미영이를 데리고 엘리베이터에 올랐다.

아이들이 2층에서 예배를 드리는 동안 우리는 도망치듯 그곳을 떠나야 했다. 이곳에 있는 아이들은 모두 이별의 상처를 안고 있다. 그래서일까 사람들이 떠나면 아이들은 창문 밖을 내다보며 따라갈 거라고 떼를 쓴다고 했다.

돌아오는 차창 밖, 너른 벌판에 가을볕이 내려앉았다. 나는 멍하니 그 벌판에 눈길을 던졌다. 내가 손을 뿌리치자 "아이!" 하던 미영이 목소리가 귓전에 맴돌았다. 차갑던 작은 손. 왜 나는 그 손을 뿌리쳤을까? 원망과 슬픔이 배어 있던 미영이의 표정은 내 마음을 한동안 흔들어놓았다.

봉사하러 간다 생각하니 며칠 전부터 마음이 한껏 들떴다. 남을 위해 내가 무엇인가 한다는 사실이 대견스러웠다. 나는 인형극을 하면서 뿌듯함을 느꼈다. 한편으로는 빨리 그곳을 벗어나고 싶기도 했다. 부모에게 버려지고 신마저 외면한 듯 장애를 안고 태어난 아이들, 버려진 아이들의 참혹한 모습이 두렵고 보기 싫었다. 싫다는 것, 두렵다는 것 등은 차마 입 밖으로 내지 못할 말들이었지만 그런 나를 나도 어쩔 수 없었다.

속물 같은 내 자신이 싫어졌다. 누구를 위한 봉사였나? 나는 나의 말도 안 되는 성취를 위해서 들떠 있었던 것이었다. 봉사를 핑계삼아 내가 만든 인형극을 사람들에게 보여주고 싶은 욕심이 앞섰던 것인지도 모를 일이었다. 갑자기 나도 모르게 한숨 같은 말이 빠져나왔다. '미영아, 미안해. 꼭 다시 갈게.' 속으로 웅얼거린 말인데도 순간 깜짝 놀라

자세를 바로하고 앉았다.

그 후 인형극 회원들은 이런저런 핑계를 대며 하나둘 빠져나갔다. 나도 인형극을 접었다. 그리고 이듬해 이사를 하면서 그 일은 먼 이야기가 되고 말았다.

약속한 날이 다가오면서 미영이에게 줄 종이접기 책을 샀다. 그리고 틈나는 대로 인형극 연습을 했다.

낮은 조명 속에 턱시도를 차려입고 탑이 높은 검정 모자를 쓴 마술사가 하얀 손수건 한 끝을 쥐고 두세 번 탁탁 털며 말했다.

"자, 여기 봐요 여기. 아무것도 없죠. 없죠?"

그는 손수건을 돌돌 마는가 싶더니 확 펼쳤다. 포르르 하얀 비둘기 한 마리가 날갯짓하다가 손끝에 앉아 퍼덕인다. 잠시 후 비둘기는 우레 같은 박수를 쏟아내는 강당 안을 날았다. 유리알같이 반짝이는 검정 구두를 신고 사뿐사뿐, 마술사는 모자를 벗어 답례했다. 그런데 낯이 익다. 웃는 듯 우는 듯 커다란 눈엔 물기가 반짝인다. 아, 저 눈! 미영아! 미영의 이름을 불렀지만 입만 달싹일 뿐 소리는 나오지 않았다.

"맴~."

매미 소리에 잠이 깼다. 꿈이었나. 눈을 감은 채 몽롱함 속에서 비둘기 날갯짓을 회상했다. 열려진 창으로 시원한 바람이 불어왔다. '푸르륵' 비둘기 한 마리가 한낮의 햇살을 가르며 날아갔다.

나는 다시 인형극에 가져갈 소품들 하나하나를 체크했다.

●

변신

초등학교 친구모임에서 진이가 나에게 종이가방 하나를 주었다. 그 속에는 요즘 볼 수 없는 타래실이 들어 있었다. 검정색 세 타래와 흰색과 회색 실이 각각 하나였다. 이사할 때 선반에서 나온 30년 된 일제 실이란다. 색상은 선명하나 만져보니 좀 까슬까슬했다.

몇 해 전, 성당 다니는 친구가 아프리카에 보내는 아기 모자를 짤 때 나도 참여했었다. 그곳은 극심한 일교차와 열악한 환경으로 신생아들이 많이 죽는다고 들었다. 저체온증이 문제였는데, 머리만 보온해줘도 사망률이 감소한다고 했다. 그 후 친구들의 손주가 태어나거나 입학할 때 모자를 짜서 선물했는데 진이가 그걸 기억했던 모양이었다.

종이가방을 건넌방에 둔 채 며칠이 지났다. '구슬이 서 말이라도 꿰어야 보배'라고, 실을 감아야 뭐래도 할 텐데, 마주 앉아 실타래를 팔에 걸쳐줄 사람도 없으니 하루하루 시간만 갔다. 궁리 끝에 밥상을 뒤집어 놓고 타래 중간중간 잡아맨 끈을 자른 후 탁탁 털어 상다리 네 개에 걸

쳤다. 온 거실 바닥에 실을 풀어놓고 엉키지 않게 오가며 감는데 오래된 실인데도 굵기가 고르고 끊어지지 않았다. 편물編物하면 일본이라더니 역시 방부제 범벅인 빵처럼 멀쩡했다. 어렸을 때 눈밭에서 시린 손 호호 불며 눈덩이를 뭉칠 때처럼 실뭉치는 점점 커져서 손안을 벗어났다. 끝이 안 보이던 실은 이틀 지나자 커다란 뭉치 다섯 개로 탈바꿈했다. 무얼 할까. 한 타래가 반 파운드는 될 텐데, 세 뭉치면 반소매 티셔츠 한 벌은 짤 수 있을 듯싶었다. 배색을 잘하면 TV에서 본 잘 생긴 연예인이 입은 멋진 셔츠도 문제없을 것 같았다.

주말에 아들네서 식사하면서 손자손녀에게 셔츠 희망자를 물었지만 반응이 없다. 하기야 요즘 애들은 털실 니트는 알지만 레이스 실로 짠 옷은 잘 모를 것이다.

"엄마, 제 옷 짜주세요."

아들이 신청했다. 어렸을 때 엄마가 짜준 옷을 입고 다니면 사람들이 다가와 만져보고 예쁘다 하며, 누가 짰느냐고 칭찬을 들었다면서 검정색으로 짜달라고 했다. 아들의 반소매 티셔츠 하나를 들고 집으로 왔다. 무늬는 크리스마스트리로 애용하는 주목朱木 닮은 사방연속 나무무늬로 정했다. 여름이 가기 전에 입을 수 있게 할 참이었다.

거실 바닥에 샘플 셔츠를 펴놓고 코바늘로 뒤 몸판부터 시작했다. 실 굵기가 1mm인데다 검정색이라 돋보기를 쓰고도 잘 보이지 않아 첫 단부터 세 단까지는 힘이 들었다. 여섯 단을 짜고 나니 나란히 서 있는 나무무늬가 보기에 좋았다. 사진을 찍어 아들에게 보냈다.

"무늬 어때? 실이 가늘고 검정색이라 온종일 짜도 10㎝밖에 안 되네."

"멋있네. 좋아요."

일어섰다 앉으면 흐름이 더디고 무늬가 틀리기도 해서 꼼짝 않고 짜는데 눈도 허리도 아팠다. 실을 감은 왼손 검지가 얼얼해 손을 부비고 어깨도 주무르며, 간간이 눈에는 점안액을 넣었다. 오랜만에 잡은 대작은 역시 버거웠다. 자정이 지나 새벽 2시인데도 밖에서는 매미가 울었다. "매미야, 하루 종일 울었잖아. 너도 그만 자고 나도 자자." 나는 밖을 보며 매미에게 말을 걸었다.

다음날 눈을 뜨자마자 뜨개질을 펼쳤다. 완만한 암홀선이 맘에 드는데 아차! 등판 한가운데 나무 하나가 삐딱했다. 도로아미타불, 떴다 풀었다 하는 게 뜨개질이라 했던가. 산이 거기 있어 오른다는 알피니스트처럼 실이 있어 짤 뿐이다. 슬슬 짜증이 났다. 고생보따리를 안긴 친구를 살짝 원망도 하면서 뒤판을 다 짰다. 맨살에 닿으면 껄끄럽지 않을까? 가끔 팔에 얹어보며 기왕 하는 거 면실로 짤 걸, 중얼거리다 앞판도 얼추 다 됐다. 지루하고 답답해서 쉼터나무 그늘에 뜨개질감을 들고 나갔다. 107동 아는 엄마가 내 뜨개질에 관심을 보였다. 그는 휴대폰에 저장된 며느리 원피스 사진을 보여주는데 한눈에 봐도 선이 곱고 촘촘하게 짠 수작이었다.

"최고 좋은 면실로 짰는디 처음엔 좀 입는 것 같더니만 요즘은 안 입어요. 수공이 아까워. 화학사는 여름에는 덥제."

화학사! 어떡하나, 이것이 바로 '계륵鷄肋'이구나. 손끝 야문 그의 작품에 비해 어깨 너머로 익힌 엉성한 솜씨에 실까지 마뜩잖다.

이른 새벽 와이셔츠에 양복 입고 출근하여, 늦은 밤 귀가하는 아들은 사실 그 셔츠를 입을 새도 없다. 괜한 짓을 했나 싶어 손을 놓고 있는데 마침 아들에게서 전화가 왔다.

"엄마, 덥지요? 에어컨 켜놓고 계세요. 그리고 힘드실 텐데 그만 짜세요."

실을 못 본 아들이지만 그 마음이 전해왔다. 아들은 그저 '엄마표 옷'을 입고 싶었을 것이다. 겨울에 순모로 카디건이나 짜줄까, 생각하다가 고개를 저었다.

더위를 많이 타는 아들이다. 그만 짜자. 마음을 정하니 홀가분하다. 그런데 그냥 다 풀어버리기엔 공들인 시간이 너무 아까웠다.

겨드랑이 시점이 되니 직사각형이 두 개가 된다. 가방을 만들기로 했다. 구럭 같을까봐 접어넣고 꿰매어, 파이프 오르가니스트인 며느리의 악보집 가방 하나를 만들었다. 나머지는, 뒤판 짜다 작은 듯해 멈춘 것에 다른 색 실로 덧붙여 짜, 가방 하나를 더 만들었다. 딱 내게 맞는 책가방이다. 밋밋해서 색색의 나뭇잎 몇 장을 짜붙여 포인트를 주었다. 이제 안감만 넣으면 된다.

의류부자재 가게에서 가방끈과 검정색 안감 한 마碼 두 치를 끊어다 옷수선집에서 자루 두 개를 만들었다. 안팎을 이어붙이고 끈을 달아놓으니 개성 있는 가방이 완성되었다. 가방 두 개를 나란히 놓고 사진을 찍어 친구 진에게 보냈다.

"만세! 오늘 중복 날, 산고 끝에 드디어 쌍둥이를 얻었어. 고맙네."

곧 바로 기타 치며 노래하는 멍멍이와 함께 답장이 왔다.

"더운데 수고했어. 아주 예쁘네. 축하하네."

살면서 판단을 잘못해 시간을 낭비하고 미련하게 헛고생을 할 때가 종종 있다. 실수든 실패든 '이게 아닌데' 깨달으면서도 뭉그적댄다. 하지만 자로 잰 듯이 살 수만은 없지 않나. 스위트 와인 애호가들이 찾는 '아이스 와인'은 농부가 실수로 수확하지 못한 언 포도로 만든 게 시초였다. 삶의 방식에 정석이 따로 있겠는가.

복숭아를 씻어 한 입 크게 깨물었다. 단물이 입안에 가득했다.

고수를 만나다

친구를 만났다. 시바타 도요라는 친구다. 92세에 시詩를 쓰기 시작해 곧 100세가 되는 도요는 요즘도 새벽 5시에 일어나 몸단장을 하고 집안 정리를 한다. 아침을 먹고 나면 은행일이나 병원 진료, 장보기 등 소소한 일상의 일을 한다. 그는 바퀴 달린 보조기구를 의지해 생활한다. 질곡의 삶을 헤쳐왔고 20년을 홀로 살면서도, 여전히 싱그러운 감성을 지녔다. 도요의 잔잔한 이야기가 담긴 시집 『약해지지 마』를 읽으며 점점 그녀에게 빠져들었다.

> 바람이 유리문을 두드려/ 문을 열어주었지/ 그랬더니/ 햇살까지 따라와/ 셋이서 수다를 떠네// 할머니/ 혼자서 외롭지 않아?/ 바람과 햇살이 묻기에/ 사람은 어차피 다 혼자야/ 나는 대답했네.
>
> — 시바타 도요, 「바람과 햇살과 나」 중에서

'사람은 어차피 다 혼자'라는 평범한 시 구절에 저릿한 통증을 느꼈다. 현관 벨이 울렸다. 이어서 관리실에서 왔다는 남자 말소리가 들려왔다. 작년에 이사하고 경황이 없어 난방관 스케일을 못했다. 집안이 썰렁해 아침나절 관리실에 전화를 해두었다. 식탁의 시계는 오후 3시로 접어들었다. '벌써 시간이 이렇게 되었나, 왜 하필 지금 왔지?' 도요와의 오붓한 시간을 방해받는 것이 싫었다. '아, 참! 도요는 바람이 찾아와도 반갑게 문을 열어주었다는데, 내 집에 사람이 찾아왔잖아.' 나는 식탁에서 벌떡 일어났다. 현관문을 열자 납작한 검정색 가방을 든 늙수그레한 남자가 서 있었다. 집안에 들어선 그는 곧장 주방으로 가 싱크대 아래 문을 열고 마룻바닥에 앉았다. 그러고는 마치 의사가 환자를 시진視診하듯 난방분배기를 세세히 살폈다.

"커피 한 잔 타 드릴까요?"

그는 괜찮다면서 나에게 한마디 했다.

"지금도 공부하세요? 참 대단하시네요."

식탁 위에 펼쳐 있는 시집과 소파 탁자에 놓인 책들을 본 모양이었다. '내가 늙었단 말이지. 당신도 나이를 먹을 만큼 먹었거든.' 전에 살던 집 난방관 스케일 할 때 젊은 기사는 달랑 브라야 하나만 들고 와서 바가지와 걸레를 찾았었다. 그때 뒤치다꺼리했던 게 생각나서 그에게 물었다.

"물 담을 그릇을 가져올까요?"

"그릇은 제가 가져왔어요."

'그릇이 어디 있지, 저 납작한 가방 속에 그릇이 들어 있단 말인가?'

난방분배기를 살피던 그는 여섯 개의 액셀관 나비밸브를 잠갔다 열더니 다시 모두 잠가버렸다. 그가 바닥에 놓인 가방을 당겨서 지퍼를 열자 나란히 누워 있는 연장들이 보였다. 그는 가방에서 검정 테이프를 꺼내 바닥에 널브러져 있는 전선과 연결 스위치를 테이프로 감아 난방분배기관에 단단히 고정시킨 후, 내가 묻기라도 한 것처럼 설명을 했다.

"바닥에 물이 떨어지면 합선이 되어 '펑' 소리를 내며 불이 날 수 있어요."

사실 난 그 속에 전선이 있는지조차도 몰랐다. 만약을 생각해보니 끔찍했다.

이번에는 가방에서 브라야를 꺼내 나사를 풀었다 조였다 했다. 그를 보조할 게 없다는 생각에 식탁으로 가서 그를 등진 채 다시 시집을 펼쳐들었다.

있잖아, 불행하다고/ 한숨짓지 마// 햇살과 바람은/ 한쪽 편만 들지 않아// 꿈은/ 평등하게 꿀 수 있는 거야// 나는 괴로운 일/ 많았지만/ 살아 있어 좋았어// 너도 약해지지 마.

— 시바타 도요, 「약해지지 마」 전문

나는 속으로 중얼거렸다. 누구에게나 자기 몫의 괴로움이 있는 거야.

성경 말씀에도 '울 때가 있고 웃을 때가 있으며 슬퍼할 때가 있고 춤출 때가 있다(전도서 3 : 4)'고 했잖아. 그래도 살아 있다는 건 축복이야.

지퍼 소리에 뒤를 돌아다보니, 남자는 연장이 들어 있는 쪽 지퍼를 닫고 가방을 뒤집어 또 다른 지퍼를 열더니 페트병 반을 자른 원통의 병과 1m쯤 되는 검정색 호스를 꺼냈다. 호스 한 끝을 트레이너에 연결하고 다른 한 쪽은 싱크대 하수구에 넣었다. '침실2'라고 쓰인 첫 번째 액셀관의 나비밸브를 열자 시커먼 시궁창 물이 하수구로 콸콸 쏟아졌다. 여름 동안 보일러를 틀지 않아서 난방관 안에 고인 물이 썩은 것이었다. 지은 지 10년이 넘은 우리 아파트는 중앙난방이다. 겨울철에만 관리실에서 보일러를 틀어준다.

시커멓던 물이 점점 맑은 물로 변하자 그는 밸브를 잠그고 두 번째 '거실1'의 나비밸브를 열었다. 그렇게 차례대로 여섯 개의 액셀관은 썩은 물을 토해냈다. 그걸 보니 내 몸속 혈관의 찌꺼기와 노폐물이 모두 빠져나간 것처럼 개운했다. 이사하며 리모델링한다고 겉만 번드르르 치장을 했는데, 정작 중요한 건 눈에 보이지 않는 부분이었다.

그가 휴지 한 장만 달라고 했다. 나는 손에 묻은 물기를 닦으려는 줄 알고 티슈 두세 장을 뽑아주었다. 그런데 티슈를 받는 살집 없이 야윈 손은 물기 하나 없었다. 그는 티슈로 난방분배기의 먼지를 정성껏 닦아주었다. 마치 귀한 도자기라도 닦듯이. 전에 그 젊은 기사는 일하는 솜씨가 서툴러 바닥에 물을 흥건하게 쏟았다. 나는 걸레질하고, 더러워진 물그릇을 씻는 등 뒷설거지를 했다. 작업과정이나 깔끔한 마무리가 전에 기사와는 영 딴판이었다.

그 순간 TV에서 신년휘호新年揮毫를 하던 대가大家의 모습이 떠올랐다. 일필휘지一筆揮之 획을 긋던 대가는 학의 날개처럼 곱고 흰 도포자락에 먹물 한 방울 튀지 않았다. 교직에 있을 때 서예시간이면 괴발개발 몇 자 쓰면서 손에, 책상에 온통 먹칠하던 아이들, 먹물을 튀길까봐 노심초사했던 나로서는 그 모습이 무척이나 신선했다.

그는 브라야와 페트병, 호스를 공구가방에 넣고 조용히 일어섰다.

"아저씬 정말 고수高手네요."

"인제 집이 따뜻할 겁니다. 속에 있는 썩은 걸 다 빼버렸거든요."

그는 쑥스러운지 동문서답하고는 현관문을 나섰다. 그를 배웅하고 돌아서는데 퍼뜩 그의 말에는 또 다른 의미가 있지 않을까, 하는 생각이 들었다. 속에 있는 걸 다 빼버렸다? 고이고 썩어버린 것을 다 빼버렸으니 따뜻할 거다? 그 한마디가 시 구절처럼 다가왔다. 탐욕도 벗어놓고 성냄도 벗어놓고 물같이 바람같이, 라는 나옹선사의 시를 압축한 듯한 의미가 내재되어 있지 않은가. 단순하고 명쾌하게 한마디를 던져준 그는 삶에서도 고수일 것만 같았다. 역시 고수는 번잡스럽지 않고 자연스럽다.

나는 식탁으로 가서 펼쳐져 있는 시를 소리내어 읽었다.

못한다고/ 주눅 들지 마/ 나도 아흔여섯 해 동안/못한 일들이/ 산더미야/ 부모님께 효도하기/ 아이들 교육/ 수많은 배움// 하지만 노력은 했어/ 있는 힘껏/ 있잖아, 그게/ 중요한 거 아닐까/ 자, 일어나서/ 다시 해보는 거야/ 후회를/ 남기지 않기 위해.

— 시바다 도요, 「너에게」 전문

책에서 눈을 떼면서 피식 웃음이 났다. 저 단순미. 시는 어려운 말만 쓰는 줄 알았는데 그게 아니다. 너무 쉽고, 너무 편하고 자연스러워서 시 같지 않은 그녀의 시이다. 하지만 나는 그의 시에 끌린다. 도요가 시를 짓는 행위도 배관수리공의 노련한 손길도 보통 몸짓이 아니다. 역시 삶의 고수들은 군더더기가 없다. 내 노년도, 나의 문학도 그랬으면 싶다.

소심한 나는 뒤늦게 수필 공부를 하면서 열등감과 스트레스에 시달렸다. 포기하고 싶을 때도 있었다. 그래도 포기하지 않은 것은 글을 쓰면서 풀어내는 후련함 때문이었다. 아마도 그것은 내 안 어딘가에 고여 있는 썩은 것들을 토해내는 과정이었는지도 모른다.

내 친구 도요는 '인생은 언제라도 지금부터'라며 삶을 추스르게 하고 나에게 큰 위로를 준다. 그녀에 비하면 나는 얼마나 젊고 건강한가.

자모교慈母橋의 찻집

타이루거 협곡은 타이페이에서 화련花蓮까지 기차로 2시간 반, 다시 버스로 40분을 달리면 만날 수 있는 곳이다. 신이 위엄을 드러낸 듯 하늘 높이 솟아오른 기암절벽은 화강암과 대리석으로, 웅장함과 섬세함이 대자연의 경이를 느끼게 한다.

계곡을 따라 힘찬 소리를 내는 옥색 급류, 산허리를 따라 구불구불 위태로운 낭떠러지 길은 더 이상 길이 없나 싶을 정도로 빽빽하다. 높이 솟은 바위를 뚫어 만든 터널, 또 다시 이어지는 구불구불한 길은 아찔할 지경이다.

암석의 침식작용으로 생긴 에지고우에는 제비들이 살고 있다. 그곳을 지나 계곡의 굴곡이 굽이굽이 이어진 구곡동의 옥색 물빛과 자모교慈母橋에 이르는 협곡은 절경이었다. 어떻게 이런 험한 곳에 길을 낼 생각을 했는지 놀랄 따름이었다.

화련에서 타이중까지 장장 78㎞를 잇는 동서횡관공로는 1956년 7월에 장경국의 주도로 퇴역군인과 중죄수, 원주민을 동원해 착공했다. 정과 망치, 곡괭이 같은 열악한 장비로 건설하느라 4년이나 걸렸다. 태풍과 낙석 등으로, 공사 중에 죽은 사람이 250여 명이나 된다. 그들을 추모하기 위해 제사를 지내는 장춘사長春祀와 빨간 다리 자모교는 슬픈 사연이 담겨 있다.

한 인부의 편모는 매일 점심밥을 가져와 아들과 함께 먹었다. 어느 날 아들이 태풍에 실종되었고 아들을 그리며 찾아헤매던 어머니도 끝내 병들어 죽었다. 사연을 들은 장경국은 어릴 때 헤어진 자신의 어머니를 생각하며 모자가 밥을 먹던 그 자리에 다리를 놓았고, 그 다리를 자모교慈母橋라 이름지었다.

자모교를 건너면 왼편 언덕 위에 작고 예쁜 찻집이 있다. 찻집 마당에 들어서면서 향긋한 차향을 만나게 된다. 마당에 놓인 몇 개의 테이블 위엔 알코올램프가 놓여 있다. 우리는 장미와 블루베리가 섞인 차를 마시기로 했다. 램프 위에 올려놓은 유리주전자에는 말린 장미와 블루베리가 보그르르 방울을 내면서 끓기 시작했다. 빨간 색이 예쁘게 우러나면서 향긋한 냄새가 피어올랐다. 유리주전자 안의 기포를 보며 인부의 편모가 흘리는 눈물이 떠올랐다. 아들이 일하는 곳에 매일 밥을 싸가지고 와, 아들과 함께 점심밥을 먹던 어머니. 태풍에 실종된 아들 이름을 부르며 몇 날 며칠 아들을 찾아헤매던 어머니의 눈물. 핏빛 그 절규. 나는 그것을 떨쳐버리듯 애써 고개를 저었다.

우리 일행은 찻잔을 높이 들었다. 마주한 찻잔 네 개가 맑은 소리를 내며 부딪쳤다. '그들의 영혼을 위하여!' 조심스럽게 찻잔을 입에 대었다. 부드럽고 감미로운 맛이 입안에 가득 찼다. 굽은 길, 아찔했던 순간의 긴장감이 일순 풀어지면서 마음이 편안해졌다. 저만치 자모교가 보였다.

자모교 쪽에서 불어오는 바람을 맞으며 유리주전자에 다시 물을 채웠다.

담배 피우는 물고기

친구가 흰 광목천으로 만든 가방 하나를 나에게 주었다. 직장체육대회 기념품이란다. 가방 속에 들어 있는 타올 몇 장을 꺼내놓고 안을 들여다보았다. 가방은 수직의 긴 사각형으로 속이 깊었다. 책 서너 권은 너끈히 들어가고도 남을 정도로 넓었다. 손지갑도 빠져나갈 염려가 없어보였다. 끈이 길어 어깨에 걸쳐도 좋고 무엇보다 가벼워서 좋았다. 가방 아래쪽에 그 회사의 로고가 감색으로 찍혀 있었다. 회사 로고가 자꾸 마음에 걸렸다.

아이들이 넘어져서 바지에 구멍이 나면 천으로 과일, 나비, 토끼 등의 모양을 덧대서 입혔다. 예쁜 천 조각을 보면 여러 모양의 아플리케를 만들어 붙여주곤 했던 생각이 났다. 로고도 가릴 겸 나만의 가방을 만들어보기로 했다. 모처럼 솜씨 발휘할 기회가 생겼다.

반짇고리를 뒤적였다. 하지만 아무리 찾아도 천 조각은 보이지 않았다. 요즘 바느질이래야 뜯어진 곳을 꿰매거나, 떨어진 단추를 다는 것이 고작이니 천이 있을 리 없다. 반짇고리에는 실패와 바늘쌈, 골무, 바느질 가위, 바늘꽂이에는 몇 개의 바늘이 꽂혀 있는 게 고작이었다.

아침에 신으려다 만 양말을 서랍에서 꺼냈다. 베이지색 바탕에 핑크와 하늘색 줄무늬가 있는 양말이다. 발바닥 쪽에 모래만한 구멍이 있어서 나중에 꿰매 신으려던 참이었다. 어떤 무늬가 좋을까, 궁리하다가 핑크와 하늘색 줄무늬가 있는 그 예쁜 물고기 생각이 났다.

몇 해 전 여름, 딸 가족과 필리핀 노아 섬에 갔었다. 사흘째 되던 날, 배를 타고 먼 바다로 나갔다. 우리는 잠수복을 입고 물안경을 쓰고, 산소통을 멘 채 오리발로 물 갈퀴질하면서 푸른 바다 속으로 헤엄쳐 들어갔다. 산호초를 집 삼아 사는 열대어 떼와 금방이라도 부딪힐 듯 아슬아슬했다. 좀 더 바다 깊숙한 곳으로 들어갔다. 산호초가 눈꽃처럼 피어 있었다. 그 황홀한 절경에 빠져 있을 때 나를 지켜보고 있는 무엇과 눈이 마주쳤다. 눈이 제법 큰 물고기였다. 놈은 바위 틈에서 옴짝도 않고 마치 나에게 무슨 말을 하고 싶어서 기다리고 있는 것처럼 보였다. 난생 처음 보는 핑크와 푸른 줄무늬의 녀석. 내 손바닥보다 조금 커보였다. 나는 그때 처음으로 아름다운 물고기 한 마리를 알게 되었다.

생각할수록 내 가슴을 뛰게 한, 지금도 간간이 생각나는 아름다운 섬의, 이름도 모르는 그 물고기. 그 녀석으로 가방을 변신시켜 볼 참이었다.

나는 가위를 들고 양말 한 짝을 잡아 넓게 펼쳤다. 그 위에 연필로 커다란 물고기 한 마리를 대충 스케치한 후 모양을 따라 잘라냈다. 남은 한 짝 양말에서는 줄무늬를 잘라내 물고기 꼬리 쪽에 세로로 꿰매 붙였다. 꿰매 붙인 부분이 도드라진 게 마치 물고기 비늘 같다. 물고기 본을 이리저리 움직여보았다. 그런데 로고가 다 가려질 듯하면서도 각角진 끝부분은 다 가려지지 않았다. '등지느러미! 그때도 물고기는 바위 틈에서 등지느러미를 살랑댔었지.' 각이 진 끝부분은 등지느러미가 되었다.

물고기를 안치고 보니 등지느러미에 로고의 끝부분 'lic'이 남아 있다. lic! 그래, 네 이름은 '릭'이다. 릭이 움직이지 않도록 시침질한 후 버튼홀스티치로 이어갔다. 아가미부터 시작하여 불룩한 배의 선을 따라가다가 잘록한 꼬리지느러미로 이어지면서 릭의 몸은 날렵하게 완성되었다. 릭은 그렇게 태어났다. 그런데 뭔가 좀 밋밋했다.

아, 눈이 없구나. 단추 곽에서 빨간 단추를 꺼내 얹어보았다. 술에 취한 lic 같다. 다시 파란 단추를 올려놓으니 생동감 있어 보였다. 파란 눈의 릭이 되었다. 그렇게 태어난 릭은 노아 섬에서 본 영락없는 바로 그놈이었다.

"내가 널 초대했어, 괜찮겠니?"

'퍼드덕' 마치 릭이 대답이라도 하듯 갑자기 물속에서 힘차게 요동치며 물을 튀겼다. 나는 깜짝 놀랐다. 화룡점정畵龍點睛이라더니, 눈을 붙임으로 근사한 물고기 한 마리가 탄생했다.

얼마가 지났을까, 그렇게 생동감 있던 릭이 시무룩해 보였다.

"릭 왜 그래? 옳아, 외로운가보구나. 기억 속의 너를 데려다놓았는데 외로워서 어떡하지? 너도 담배 한 대 피우면서 고독을 즐겨보렴."

파이프가 좋겠지. 기장이 길어 잘라낸 회색 바짓단이 돌돌 말린 채 반짇고리에 얌전히 들어 있었다. 회색의 멋진 파이프를 릭의 입에 대주었다. 파이프를 문 릭은 마치 마도로스 같았다. '뽕뽕뽕' 담배연기 두 개가 동그라미를 그리며 두둥실 하늘로 날아갔다.

그제도 어제도 릭과 함께 외출했다. 특별히 격식을 차리지 않아도 되는 곳이라면 릭과 같이 다니려 한다. 가방을 선물한 친구도 릭을 보면 좋아할 것이다.

종로 스터디 모임에 갔다. 현관문을 열고 들어서자 역시나 니코틴 냄새가 진동했다.

"아휴, 담배냄새. 환기 좀 시킬까요?"

나는 가방을 어깨에 걸친 채 돌아서서 창마다 문을 활짝 열었다.

"뭔 냄새가 난다고 그래요? 유 선생, 거 물고기가 파이프 물고 있구먼. 담배 피우는 물고기랑 다니면서."

선생님의 한마디에 교실은 웃음바다가 되었다.

"얘, 참 예쁘죠?"

릭을 들어보이자 교실 안 문우들 모두가 예쁘다고 칭찬했다. 가방에서 책을 꺼내려는데 릭이 눈을 끔벅이며 내게 소곤댔다.

"저 양반, 눈 하나 깜짝하지 않고 둘러대기도 잘하네,"

나는 릭을 향해 살짝 웃으며 고개를 끄덕였다.

순풍에 돛 단 듯

느지감치 일어났다. 커튼을 젖히니 베란다가 환하다. 영산홍 꽃이 활짝 피었고 군자란은 봉긋하여 금방이라도 주황빛 꽃망울을 터뜨릴 기세다. 바로 옆, 풀만 삐죽삐죽하던 빈 화분에도 앙증맞은 하얀 풀꽃이 다보록하게 피었다.

창문을 여니 바람이 상큼하다. 칙칙한 커튼을 떼어 세탁기에 넣었다. 라디오에서는 봄을 축복하는 음악이 흘러나왔다. 나는 멜로디에 맞춰 걸레질하며 나물 캐는 봄처녀도 되어보고 보리밭 사잇길도 거닐었다. 베란다 물청소까지 마친 후 소파에 깊숙이 앉아 차 한 잔의 여유를 즐겼다.

몸이 나른해 소파에 누웠다. 춘곤증인가. 세상에서 제일 무거운 것이 눈꺼풀이라더니 눈이 가물가물 감겼다. '푸우푸우' 내 숨소리에 내가 놀라 눈을 떴다. 그새 잠이 들었나보다. 꿈을 꾼 것 같은데 무슨 꿈인지 기억이 나지 않는다.

아침 겸 점심을 먹고 신문을 펼쳤다. 신문을 보면 습관처럼 오늘의

운세를 본다. 내 운세는 '순풍에 돛 단 듯 잘도 나간다'이다. 순풍에 돛 달 일이 뭐지? 어쨌거나 기분은 좋다.

오늘은 주말이다. 주말이면 언제나 큰 길 건너 아들집에서 저녁을 먹는다. 길가 주택 담 밖으로 몸을 쑥 내민 목련은 솜털 옷을 벗고 상아빛 속살을 삐죽이 드러냈지만 아직은 수줍은 아가씨이다. 머지않아 순결한 꽃을 활짝 피울 것이다.

바로 눈앞의 은행나무에 앉을 듯하던 까치가 몸을 돌린다. 제 몸길이 두 배가 넘는 Y자형 나뭇가지를 물고 힘겹게 날갯짓한다. 새 집을 짓는데 쓰일 목재인 듯싶은데 어디에 집을 지으려는 걸까.

과일가게에 들러 손녀가 좋아하는 딸기를 산다.

땡! 엘리베이터 문이 열리자 향긋한 쑥된장국 냄새가 식욕을 돋운다. 집안으로 들어서자 아이들이 쪼르르 달려와 인사를 한다.

"쑥국 끓였구나."

"네, 어머니 어서 오세요."

바지락을 넣고 슴슴하게 끓인 쑥된장국, 노릇노릇 구운 삼겹살에 달래무침을 얹어 푸짐하게 싸서 먹는 상추쌈. 역시 음식은 여럿이 어울려서 먹어야 제맛이 난다. 그런데 밥을 먹던 손녀가 수저를 놓고 얼굴을 찡그렸다. 이가 흔들린다는 것이다.

며칠 전, 손녀의 앞니가 흔들려 치과에 가서 뺐는데, 오늘은 토요일이라 치과도 일찍 문을 닫았을 테고, 밥을 못 먹는 손녀가 안쓰러웠다. 나는 손녀를 옆에 앉혔다.

"지은아, 할머니가 이야기 하나 해줄까? 내가 일곱 살 때였어. 내 앞니가 막 흔들렸지. 어머니는 이를 빼야 한다고 했고 나는 안 뺀다고 고개를 흔들지 않았겠니. 그러자 옆에서 할머니가, 그러니까 네게는 고조할머니가 되는구나. 이를 안 빼면 덧니가 나서 얼굴이 미워진다고 하시는 거야. 그러면서 할머니들은 이를 안 아프게 빼는 법을 안다고 하더구나. 그러고는 눈 깜짝할 새에 이를 빼주셨단다."

"그럼 할머니도 안 아프게 뺄 수 있어요?"

옆에서 아들이 한마디 거들었다.

"할머닌 어렸을 때 내 이도 빼주셨어. 하나도 안 아팠어."

"할머니, 내 이도 안 아프게 빼주세요."

손녀가 입을 벌렸다. 치실을 이에 감아 꼭 묶었다. 단번에 뽑아야 한다. 실을 한두 번 흔들다가 힘주어 단번에 이를 뽑았다. 이는 다행이 쉽게 뽑혔다. 이를 뺀 자리에는 이미 쌀알 같은 새 이가 나오는 중이었다.

새 이는 어둠을 뚫고 나온 새 순이다.

"안 아프지? 덧니될 뻔했구나. 혀로 이를 밖으로 꾹꾹 밀어줘."

"의사선생님이 빼는 것보다 안 아파요."

옆에서 동생의 팔을 잡아주던 두 살 위 오빠가 약솜을 떼어주며 피가 날 테니 꼭 물으라고 일러주었다. 그래도 오빠라고, 기특하다.

"이렇게 뺀 이를 손에 꼭 쥐고 나는 앞마당으로 나가서 지붕을 향해 힘껏 던지면서 외쳤단다. '까치야, 까치야, 헌 이 줄게 새 이 다오'라고 말이다. 처마에 닿았다가 땅에 떨어진 이를 주워서 다시 펄쩍! 세 번 네

번, 간신히 이를 지붕에 던졌단다."

귀를 쫑긋 세워 듣던 손녀가 물었다.

"할머니, 이를 왜 지붕에 던져요? 까치가 정말 이를 물고 가요?"

"글쎄…."

"아파트라서 내 이는 어떻게 지붕에 던져요?"

그때 손자가 나섰다.

"내가 내일 경비실 지붕에 이를 던져줄께."

어느새 저녁 8시가 되었다. 며느리가 들고온 온 과일을 먹은 후 아쉬웠지만 자리에서 일어났다.

"할머니, 안녕히 가세요."

녀석들, 전에는 더 있다가라고 잡더니 이젠 기다렸다는 듯이 배웅 인사를 한다. '그래, 나는 가마.' 아파트를 나서는데 희붐한 서편 하늘에 얄밉도록 예쁜 초승달이 실눈을 뜨고 있다.

"까치야, 헌 이 줄게 새 이 다오."

나도 모르게 주절댔다.

'순풍에 돛 단 듯'이라더니, 오늘 손녀 이 빼줄 운수였나?

천천히 걷다보니 저 만치 서 있는 앙상한 나뭇가지에 초승달이 걸쳐 있다. 몇 걸음 더 가서 나무를 비껴서보았다. 초승달이 구름을 헤치며 떠가는 중이었다. 초승달은 꽃구름 속을 숨바꼭질하며 바람결에 흘러가는 하얀 쪽배다. 순풍에 돛 단 듯 잘도 나간다.

아하! 그러고보니 오늘 내가 초생달을 보는 운세였구나.

책

책은 책冊, 전典, 서書, 본本, 도서圖書 등으로 불린다. 종이가 없던 시절, 대쪽에 썼던 '책策'에서 나온 상형문자 '冊'은 우리나라에서 주로 쓴다는 기사를 어디에선가 본 적이 있다. 나도 '책'보다 '冊'이 단아하고 책다운 느낌이 들어 자연스레 '冊'으로 쓴다.

사고 싶었던 책을 사들고 서점을 나올 때와 전철 의자에 앉아서 첫 페이지를 열 때의 기분은 볼 빨간 사춘기 소녀를 마주했을 때와도 같다. 글밭에 푹 빠지면 몇 개의 역을 지나칠 때도 있다. 그렇지만 돌아오는 길은 왠지 흐뭇하다. 책이 주는 여유로, 어떤 실수라도 품어줄 수 있는 날이기 때문이다.

집에 오면 책을 책상에 바로 올려놓고 마저 읽는다. 이럴 때는 식사도 뒷전이다. 미처 못 다 읽은 책은 잠이 오지 않는 날, 그의 존재를 깨달으며 서둘러 펼치게 된다.

나의 책장은 작가들이 보내준 책과 지인들이 소장했다가 건네준 책들, 젊었을 때 장만한 문학전집, 언젠가는 읽을 거라고 만지작대며 쌓아두었던 서적들로 가득하다. 책장을 보면 부자가 된 듯 마음이 흐뭇해진다.

재활용 분리수거 날이었다. 분리용 박스들 옆에 손때 묻은 책 대여섯 권이 얌전히 놓여 있었다. 그 중 두꺼운 파란 표지의 제법 묵직한 책이 눈에 띄었다. 『名칼럼選』이었다. 1983년에 한성순보漢城旬報 창간 100주년을 기념하기 위해 조선일보가 펴낸 것이다. 정월부터 십일월까지의 천태만상과 저명인사의 특별기고 및 칼럼이 누런 옛날 종이에 수록되었다. 골동품처럼 귀한 책을 가져와 수건으로 닦아 책장 한 편에 나란히 꽂아두었다.

이사할 때 이삿짐센터 직원은 식구가 없어 단출한 내 살림을 보고는 살림에 비해 책이 많다고 했다. 그 어떤 말보다 듣기 좋은 말이었다. 내가 아는 멋쟁이 여사는 옷이 한 방 가득한 데다 신발이 80여 켤레, 여러 개의 모자와 핸드백 등으로 살림의 반을 차지했다. 그녀는 이삿짐센터 직원에게서 연예인이냐는 질문을 받았다고 했다. 누구나 자신에게 끌리는 것이 분명 있다. 자기가 향한 대로 물질은 따르게 마련이다.

이사 후 책을 정리하면서 보물 하나를 발견했다. 문고판 종서縱書로 누렇게 발한 단편집 『묵주알』(로사리오)이다. 이 책이 언제 어떻게 내게로 왔는지 기억나지 않는다.

의과대학 교수 '나가이 다카시'는 연구실에서 오랫동안 취급해온 방사선의 장해로 백혈병에 걸렸다. 나가사키에 원자탄폭격으로 부상을 입은 그는 환자를 구호하다 출혈로 쓰러졌다. 그런 상황에서도 집에 있는 아내의 죽음을 직감했다.

부엌 뒤쪽에 있는 검은 덩어리들, 그것은 타다 남은 아내의 골반과 요추였다. 바로 그 옆에 십자가가 달린 그녀의 '로사리오'가 남아 있었다.

폐인이 된 다카시는 2년 동안 본인이 쓴 원고와 구술한 내용을 출간(1948년 3월)했다. 한동안 나는 이 책을 내 손에서 놓질 못했다. 작품성 때문이었는지, 그의 인간사랑이 원인이었는지는 모르겠으나, 여행할 때도 여권과 함께 핸드백에 지니며 기내에서도 반복해 보았다. 다음은 「재灾」의 전문이다.

우리 집터를 정리했다. 그날 이후 여러 차례 비가 왔으므로 재灾도 굳어 있었다. 내 서재가 있었던 곳에 흰 재와 검은 재가 수북이 쌓여 있었다. 아마 지질紙質에 따라 다른가보다. 검은 잿더미에는 아직도 그대로 책장의 형태가 남아 있는 것이 있어서 인쇄된 글자를 읽을 수 있었다.

"대나무 잎은 산도 푸르게 얽혀 우거졌건만, 나 아내와 헤어져 예 홀로 왔노라."

손에 들고 읽고 있노라니까 바람이 불어와 '히도마로(고대 시인으로 많은 명시를 남긴 사람)'의 '아내를 그리는 마음'을 재로 만들어 산산이

흩어놓고 말았다.

책을 다른 이에게 빌려준 적이 몇 번 있다. 여러 날 뒤 까맣게 잊었을 때쯤 후줄근한 모습으로 돌아올 때도 있고, 영영 미아가 되기도 했다.

남의 책을 내가 빌려올 때도 있다. 오래 전, 앞집에 사는 분이 베스트셀러라며 소설책을 빌려주었다. 펼치지도 않고 내버려둔 사흘째, 그는 빌려온 책이라며 달라고 했다. 책을 내주면서 몹시 부끄러웠다. 나는 빌려온 책은 포장지로 싸서 빨리 보고 돌려주거나 그렇지 못할 경우 사전에 양해를 구하는 편이다. 그때는 왜 그랬는지 모르겠다.

소설가 이태준(1904~?)은 책은 빌려야 한다고 했다. 진리와 예술을 감금해서는 안 된다며 책을 물질 이상으로 보았다. "영양(영애와 같은 말로 윗사람의 딸을 높여 이르는 말)이나 귀부인을 초대한 듯 결코 땀이나 때가 묻은 손을 대어서는 실례"라고도 했다. "책은 세수할 줄 모르는 미인이다"는 대목에 나는 밑줄을 그었다.

나는 얇고 가벼운 책이 좋다. 외출할 때 망설임 없이 핸드백에 넣을 수 있어서다. 누워서도 읽고, 벤치에 앉아 손에 올려놓고 보기도 하면서 오래도록 그와 친해지려 한다. 나중에 내가 책을 낸다면 어떤 책이 될까 생각해본다. 단번에 떠오르는 책의 사이즈는, 아담하고 그 무게는 가벼워야 한다. 글이야 내 둘레를 벗어날 수 없겠으나, 표지나 책 크기만으로도 나를 닮은 책을 내고 싶다. 어떤 이의 말마따나 '그 책을 보면

'유문자의 책'이다' 할 정도로 나를 닮은 책. 그 안에 담긴 내용은 두 말 할 것도 없다. 내 책장에 내 이름이 박힌 책 한 권 꽂을 수 있다는 것. 생각만으로도 황홀한 일이다. 하여 오늘도 나는 경건한 마음으로 책장을 바라본다.

아웃 오브 아프리카

나는 지금 여섯 개째 털실 모자를 짜고 있다. 아프리카에 보낼 것이다. 며칠 전 성당에 다니는 친구가 아프리카에 보낼 아기 모자를 짠다고 했다. 그곳은 극심한 일교차와 열악한 환경으로 신생아가 저체온증으로 많이 사망한다고 했다. 머리만 보온해줘도 사망률이 감소한다는 말에 마음이 끌렸다.

아프리카 여행길에서였다. 동아프리카 탄자니아의 세렝게티에서 사파리를 한 후 작은 마사이 마을을 방문했다. 마을이래야 쇠똥과 흙을 섞어서 만든 버섯 모양의 낮은 집 몇 채가 전부였다. 가까이에 있는 한 집으로 들어갔다. 겨우 사람 하나 드나들 수 있는 굽은 통로를 따라 들어서자 집안은 깜깜했다. 그 어둠 속에서 반짝이는 두 개의 점이 보였다. 가까이 다가가보니 말뚝에 묶인 새끼 염소의 눈이었다. 차츰 어둠에 눈이 익자 둥근 흙벽 아래쪽에 아기 손바닥만한 유리 봉창封窓이 보였다. 방바닥 경계면에 붙어 있는 작은 유리 봉창이 그 집의 유일한 빛 통로였다. 방바닥에는 그릇 몇 개와 허름한 천 조각이 널브러져 있었다. 겨우 맹수와 비바람을 피할 수 있는, 음산하고 서늘한 공간이었다. 곧바로 나오고 말았다.

나무 한 그루 없는 벌판에는 뜨거운 태양만이 작렬했다. 몇몇 아이들을 데리고 서 있는 마사이 여인들 중 내 눈을 사로잡은 한 여인이 있었다. 여인은 유독 야윈 아기를 안고 있었다. 아이의 화등잔만한 눈과 생전 물 구경도 못한 듯한 꾀죄죄한 얼굴, 여기저기에 붙은 파리들, 더욱이 눈가에 착 달라붙은 파리는 자칫 아기 눈 속을 파고들 것만 같았다. 눈도 깜빡이지 않고 울지도 않는 아기와 파리를 쫓을 생각도 없이 줄곧 무표정하게 나만 뚫어져라 쳐다보는 아기엄마. 나는 가방에서 부채를 꺼내 파리를 쫓은 후 알아듣거나 말거나 그녀에게 말했다.

"엄마가 뭐 이래, 파리는 쫓아줘야지."

손에 부채를 쥐어주자 그는 흐린 미소만 지었다.

모자를 짜면서 많은 생각이 오갔다. 6년 전 소한小寒 날 서울을 떠나 아프리카에서 보낸 3주가 파노라마처럼 스쳐지나갔다. 19세기 노예시장 스톤타운에서는 백인 노예상들의 잔학에 잠시 분노했었다. 남아공의 선시티 리조트에서는 피한避寒한다고 행복해하면서 서구 영화의 낭만적인 장면을 흉내내기도 했다. 세렝게티에서는 호바이퍼(지붕 없는 차)를 타고 아이들처럼 신이 나 망원경으로 동물들을 구경했다. 그 시선으로 마사이 마을에서 난 단지 그들을 구경했을 뿐이다.

뜨개바늘을 한 코 한 코 잡아 빼면서 마사이 마을의 그 아기와 여인이 자꾸만 떠올랐다. 그때 그 아기는 잘 자라고 있을까? 여인의 얼이 빠진 듯한 멍한 눈이 아른거렸다. 어쩌면 여인은 아기를 잃은 아픔을 몇 번을 겪었을지도 모른다.

아프리카를 떠나 한참 후에야 나는, 아프리카를 내 눈과 가슴으로 온전히 느끼기 시작했다.

어떤 여행기

동아프리카 탄자니아의 세렝게티 국립공원이다. 여섯 명이 한 조가 되어 지붕 없는 차 호바이퍼에 올랐다. 인상 좋은 탄자니아 기사 '피터'는 평원 속 좁은 길을 따라 서서히 차를 몰았다. 우리가 맨 처음 만난 동물은 기린이었다. 제 몸보다 큰 나무 옆에 서서 나뭇잎을 먹고 있었다. '쉿!' 피터가 자신의 입에 댔던 검지를 오른쪽으로 가리켰다. '사자'였다. 사자의 출현에 나는 망원경을 고쳐들었다. 수사자와 암사자, 그 옆에서 새끼 사자 두 마리가 뒹굴고 있었다. 단란한 가족으로 보이는 그들은 나그네에게는 관심이 없는지 눈길 한번 주지 않았다.

초원에서 한가로이 꼬리를 흔드는 치타, 나무 위에 엎드린 채 다리와 꼬리를 축 늘어뜨린 표범은 망중한을 즐기는 중이었다. 엄마 코끼리 뒤를 아기 코끼리가 졸졸 쫓아다니는 모습이 사랑스러웠다. 파란 하늘에는 마법의 양탄자처럼 하얀 구름이 낮게 떠서 흘러갔다.

호바이퍼의 행렬이 멈추었다. 맹수가 없는 곳에서 점심을 먹기 위해서였다. 우리는 풀밭에 둥그렇게 붙어 앉았다. 새들은 낮게 날고, 나무 위에는 원숭이들이 앉아 있다. 가이드가 준비해온 도시락을 나누어주면서 새나 원숭이를 조심하라고 했다. 때마침 내가 앉아 있는 풀밭에 구름 그림자가 내려앉았다. 구름 그림자 위로 바람이 '휙' 날리며 내 도시락이 날아갔다. 눈 깜짝할 새였다. 세상에서 제일 빠른 새가 '눈 깜짝할 새'라더니. 도시락을 채간 원숭이는 나무에 앉아 시치미를 떼고 밥을 먹는다. 바나나와 망고를 빼앗긴 사람도 있었다. 룸메이트 도시락을 조금 먹었지만 놀라서 입맛이 달아났다.

멀리 초원에는 버펄로들이 풀을 뜯는다. 조금 지나자 얼룩말들이 한가로이 서 있다. 버펄로와 얼룩말은 억세고 질긴 작은 풀을 좋아한다. 톰슨가젤은 새싹을 좋아하고, 누는 키가 큰 풀을 좋아한다. 그들은 좋아하는 먹이가 다르기 때문에 먹이를 놓고 싸우지 않는다. 자연은 참으로 조화롭고 신비하다.

물가에서는 사자들이 한가로이 물을 마신다. 저만치 물속에서는 하마가 큰 입을 벌려 하품을 한다. 미처 물에 잠기지 않은 하마 등에 새들이 한가롭게 앉아 있다. 하마의 몸에 붙어 기생하는 벌레를 잡아먹는 새들이다. 서로 공존하며 평화롭게 살아가는 동물들을 보면서 마음이 평온해진다.

이곳은 사시사철 물과 초지가 풍부하다. 그러나 인간의 눈에 천국으로 보이는 이곳은 야생의 세계이다. 그들은 강적에게 잡아먹히지 않기 위해 늘 긴장하며 살아간다.

네 시간 동안 사파리를 한 후 캠프에 도착했다. 물통엔 물이 그득했다. 현지인이 어디선가 어렵게 떠온 물이었다. 달고 시원한 물을 맘껏 마시고, 물을 아끼며 세수를 하고나니 하루의 피로가 풀리는 것 같았다.

구름 꽃 핀 석양의 초원에 서서 저녁을 먹었다. 현지인 요리사가 준비한 음식이었다. 달걀 프라이, 햄, 토스트, 망고. 원숭이에게 점심밥을 빼앗긴 나는 컵라면까지 달게 먹었다.

2인 1실의 야전용 텐트에 들어갔다. 파카를 입고 누웠지만 쉬이 잠이 오지 않아 밖으로 나왔다. 밤하늘에 총총 박힌 별들은 손을 뻗으면 금방이라도 잡힐 것만 같았다. 간간이 별똥별이 떨어졌다. 그런데 갑자기 서편 하늘에 먹구름이 낮게 드리웠다.

그때 피터가 다가와 별을 가리키며 걱정하지 말라고 했다. 그들은 우리의 풍습처럼 별이 뜨면 비가 오지 않는다고 믿었다.

어젯밤 우리가 잠을 잘 때, 하이에나 세 마리와 사자들이 왔다갔다. 기사와 현지인들은 밤새도록 자동차 헤드라이트를 켜고 우리를 지켜주었다. 하이에나는 텐트 밖에 내놓은 음식과 물병을 훔쳐갔다. 날이 밝자 현지인들은 근처에서 물병만 찾아왔다. 우리는 뒤늦게야 그 얘기를 들을 수 있었다. 화장실은 따로 없다. 어젯밤에 텐트에서 좀 떨어진 곳으로 가 볼일을 봤다. 생각만 해도 아찔했다.

우리는 텐트 지퍼를 여미고 입구에 여행가방 두 개로 바리게이트를 쳤다. 나는 신경안정제를 먹고 잠을 청했다. 어젯밤에 다녀간 하이에나는 제 친구들을 삼십여 마리 데려왔고, 사자도 여러 마리가 왔단다.

사자는 어둠 속에서 잘 볼 수 있는 눈을 가지고 있어 주로 야간에 기습 작전을 펼친다. 먹이를 앞에 두고 사자와 하이에나의 살벌한 싸움이 벌어지기도 했다. 우르릉 꽝꽝! 동물들의 포효는 천둥소리와 빗소리에 묻혀버렸다. 초저녁에 먹은 약 덕분에 한밤중 소요를 알지 못한 채 다음날 맑은 아침을 맞았다.

준비해간 의약품과 모자, 티셔츠를 현지인들에게 나누어주었다. 피터에게는 제일 좋은 옷 한 벌을 미리 선물했다. 그는 딸에게 줘야겠다며 좋아했다. 마사이 학생이 다가와서 '기브미 볼펜!' 했다. 가방에 있는 볼펜 하나를 꺼내줬다. 선물할 볼펜을 준비하지 못해 아쉬웠다.

다음날은 킬리만자로에 간다. 탄자니아와 케냐의 국경에 있는 만년 설산으로 지구에서 가장 큰 휴화산(5895m)이다. 그곳에 가려면 아루샤에서 출발한다. 아루샤로 가는 버스가 도착했다. 어제 내린 비 때문인지, 운동화가 새는 것인지 양말이 흠뻑 젖었다. 급히 샌들로 갈아 신었다. 미니버스에 신발을 두고 내리면서 피터에게 신발을 버려달라는 수신호를 보냈다. 달리 이해했는지 그는 얼굴에 함박웃음을 띄운 채 '땡큐, 땡큐' 했다.

나는 고개를 흔들며 출발하려는 차에 급히 올랐다. 내 짧은 영어로 신발이 새니까 버려달라는 말이 그 순간에 구사되지 않았다.

'미안해 피터.' 15년 전 일이었다.

Part V

어머니의 모습은

울음

지하철 2호선 합정역이다. 깜깜한 모퉁이를 돌아서 불을 켜고 달려오던 전동차가 뱀같이 긴 몸을 스르르 멈췄다. 문이 열리고 봇물처럼 인파가 쏟아져나왔다. 전동차를 기다리던 사람들이 안으로 떠밀려 들어갔다. 나는 노약자석 앞에 낀 채 옴짝달싹 못했다. 숨이 턱턱 막혀와 괴로웠다. 퇴근길 젊은이들의 피곤한 모습을 보니 미안하기도 했다. '지공족(지하철 공짜로 타는 사람들)' 주제에 일찍 서두르는 건데, 하는 후회가 밀려왔다.

"앙~ 앙앙."

가까이서 아기 울음소리가 들렸다. 내 옆의 키 큰 남자가 몸을 움직이자 유모차가 모습을 드러냈다. 유모차에 앉아서 눈을 감고 자지러지게 우는 아기와 유모차 손잡이를 잡은 채 지친 듯 서 있는 아기엄마, 그리고 아기 울음은 어쩔 수 없다고 체념한 듯 서 있는 사람들. 이런 분위기와는 무심한 듯 노약자석에서 무릎을 세우고 차창 밖을 내다보던 댓 살쯤 된 사내아이가 힐끔 아기를 돌아본다. 아기의 형인가보다. 어쩌다 아기엄마는 이 시간에 아이 둘을 데리고 복잡한 지하철을 탔을까?

아기 울음은 사람을 심난하게 한다. 어디 아픈가? 그런 것 같지는 않다. 울음소리만 들어도 아기는 아주 건강해보였다. 아기는 배가 고파도 울고, 오줌을 싸도 울고 잠투정할 때도 운다. 엄마는 아기의 울음만으로도 똥을 쌌는지 배가 고픈지 알 수 있다. 말을 못하는 아기가 자신의 의사를 전달하는 수단은 '울음'뿐이다. 울어야 할 때 울지 않는 아기가 이상한 거다. 아기는 지금 혼잡하고 탁한 이 공간이 싫은 것이고 이곳을 벗어날 때까지 울음은 계속될 것이다. 복잡한 지하철 안에서, 엄마에게 아기를 달랠 수 있는 방법은 없어보였다.

"아기엄마, 이거 아기에게 주면 어떨까요?"

나는 핸드백에서 탁구공만한 귤 한 개를 꺼냈다. 아기엄마는 반색을 하며 귤 반을 잘라 껍질을 벗겨 아기 손에 쥐어주었다. 아기는 귤을 입으로 가져가 쪽쪽 빨았다. 남은 반쪽마저 다른 손에 쥐어주자 아기는 방긋방긋 웃었다. 그제야 아기엄마는 손수건으로 얼굴에 흐르는 땀을 닦았다.

"까르르~."

갑자기 아기가 웃었다. 경로석 할아버지가 아기와 눈을 맞추며 '어꿍, 어꿍' 어르자 아기는 웃고 또 웃었다. 아기의 웃음소리 따라 귤 향이 은은하게 번져나갔다.

동지가 지나면서 해가 많이 길어졌다. 6시 40분인데도 거리는 환하다. 내게도 울면 모든 게 해결되는 아기 때가 있었을까? 기억의 저편을 더듬었지만 응석과 투정을 부렸던 어린 시절, 꿈인 듯 생시인 듯한 편린들이 떠오를 뿐이다. 철이 들면서 나는 슬픔도 아픔도 안으로 접어두어야 함을 스스로 알게 되었다.

젊은 시절 내게는 울지도 못했던 시절이 있었다.

그날은 토요일이었다. 퇴근해서 아이들 점심먹이고 숙제시킨 후 동료네 집으로 향했다. 6월의 장마가 끝난 골목길에는 한낮의 땡볕이 따갑게 내리쬐었다. 남편의 불투명한 사업에 대한 불안감과 동료에게 아쉬운 말을 해야만 하는 내 처지가 죽기보다 싫었다. 무거운 마음으로 가파른 골목길을 천천히 걷고 있었다.

"엄마!"

초등학교 3학년 딸아이였다. 엄마를 부르는 소리에 정신이 들어 후닥닥 뒤를 돌아다보는 순간, 아이는 경사진 언덕길에서 주르르 미끄러졌다. 내 뒤를 살금살금 따라오며 장난삼아 '엄마'를 불러 놀라게 하려다가 그만 미끄러지고 만 것이었다. 슬리퍼를 신은 아이는 하필이면 홈통 빗물에 씻겨 흘러내린 잔돌 위로 넘어졌다. 원피스를 입은 아이의 허벅지 연한 살엔 잔돌이 박힌 채 피가 흘러내렸다. 아이를 들쳐업고 동네 병원으로 달렸다. 병원에 도착하니 원장은 없고 조수로 보이는 젊은이뿐이었다.

아이를 침대에 눕혔다. 상처 부위를 소독한 후 깊게 박힌 잔돌들을 핀셋으로 파내자 상처 부위가 생각보다 깊었다. 조수는 봉합수술 과정에서, 마치 구멍난 바지를 찍어매듯 얼기설기 꿰맸다. 문외한인 내가 봐도 허술하기 짝이 없는 솜씨였다.

얼마나 아플까, 나는 울음을 삼켰지만 눈물은 하염없이 볼을 타고 흘렀다. 엄마의 눈물 때문이었을까, 아이는 소리내 울지도 못했다.

상처가 아물고 아이의 허벅지에는 울퉁불퉁 보기 흉한 흉터가 생겼다. 몸에 손톱자국 하나 없던 딸아이였다. 나는 속울음을 울었다. 내 마음 깊은 곳엔 원래의 상처보다 훨씬 크고 불규칙하게 튀어나오는 현상이라는 '켈로이드'가 자리했다.

울고 싶어도 울지 못하는 나날이었다. 당시 나는 막다른 골목에 서 있었다. 나아갈 수도 없고 되돌아갈 수도 없는, 이럴 수도 저럴 수도 없는, 그야말로 암울하고 답답한 시절이었다.

"세월이 빨리 갔으면…."

무심코 튀어나온 말에 친한 동료는 적금 탈 게 있느냐고 묻기도 했다.

일정한 속도로 달리는 열차 안에서 뜀박질을 한들 빨리 갈 수는 없다. 그렇다고 빠른 속도로 레일 위를 달리는 열차의 차창이나 난간에서 뛰어내릴 수도 없는 노릇이다.

머문 듯 가는 것이 세월이다.

자기 일을 하는 딸이 결혼해 아이 둘을 낳아 기르면서 더 바쁘게 살았다. 딸이 서른일곱 살 되던 해, 허벅지 흉터는 성형으로 감쪽같이 없어졌다. 하지만 내 마음속에는 여전히 그 흉터가 오롯이 남아 있다.

‘못난 에미를 만나서….’

우리는 살면서 단 한번도 그날의 이야기를 꺼내지 않았다.

나뭇잎이 싱그러운 5월, 이른 아침에 사위한테 전화가 왔다.

“장모님, ㅎㅎㅎ….”

미국에서 공부하는 외손자의 치대 합격 낭보였다. 새벽 3시경 미국 외손자한테서 전화가 왔단다. 외가 식구들은 훈이의 소식을 기다리며 기도만 하고 있었다.

사위가 그렇게 크게 웃으며 전화한 일이 있었던가?

“으응, 귀한 소식 전해줘서 고맙네. 축하해.”

나도 큰소리로 외쳤다. 사위의 자상함이 생각할수록 고맙기만 했다.

서랍에서 오래 전에 받은 사위의 편지를 꺼냈다. 군의관 때 강원도 화천에서 보낸 편지다.

벌써 가을입니다. 건강하시지요. 저희도 염려해주시는 덕분에 잘 지내고 있습니다. 훈이도 건강하게 잘 크고 나날이 똑똑해져서 보는 것만으로도 즐겁습니다. 훈이 에미는 막달이라 병원 검진도 자주 받고요. (…) 추석 연휴에 저와 훈이만 태백에 다녀올 계획입니다. 즐거운 추석 되십시오.

임서방 올림 1993. 9. 25

딸은 1993년 10월 6일 연년생으로 둘째 아이를 낳았다. 아이들은 초등학교 때 미국으로 유학가 그곳에서 대학생이 되었다.

언젠가 딸네 집에 갔을 때 화장대 거울 모서리에 끼어 있는 쪽지를 보았다.

"에미야, 어려운 집에 시집와서 애 많이 쓰는구나. 고맙다."

며느리에게 고마운 마음을 전하는 안사돈과 그 마음을 소중히 여기며 기뻐하는 딸의 모습을 보면서 가슴이 뭉클했다. 딸 내외는 6년간 같은 학교에서 함께 공부했다. 사위는 6남매의 장남이다. 살아가면서 어려울 때 서로 보듬고 존중하는 모습이 참 보기 좋다. 딸은 결혼 전 시어머니께 첫인사 드리러 갔을 때 시어머니께서 선물한 성경책을 소중히 여기고 있다.

며느리 사랑은 시아버지이고, 사위 사랑은 장모라는 말이 있는데 '장모 사랑은 사위'라고 바꿔서 말해도 될 것 같다. 사위는 명절이나 생일 때 꼭 봉투에 한 글자라도 써서 나에게 준다.

"장모님! 이렇게 건강하게 하나님 안에서 저희와 함께해주셔서 너무 감사합니다. 여생 즐겁게 하나님과 함께 하시기를 기도드립니다."

젊은 날이 돌아온다면 나는 지나온 세월을 기꺼이 받아들일 수 있을까. 아니, 그때는 아프고 지치고 힘들었기에 그 무엇을 준다 해도 그러고 싶지 않다. 나는 이대로 살고 싶다. 지금 이대로가 좋다. 손주들 커가는 모습 보면서 이렇듯 편안하고 자유롭게 사는 것이 얼마나 감사하고 행복한지 다른 사람들은 모를 것이다.

"우리 훈이 애썼네, 장하다!"

뜨거운 눈물이 흘러내렸다.

어머니의 모습은

새소리에 잠이 깨어 창문을 연다. 어제 내린 비로 하늘이 맑고 상쾌하다. 무심히 보아왔던 산이 청신한 얼굴로 다가온다. 전화벨이 울린다.

"엄마, 식사라도 함께해야 하는데…. 얼마 보내드리니 맛있는 거 사드세요."

지방에 사는 딸이다. 미안해했지만, 나로서는 어버이날을 기억해주는 것만으로도 고맙다. 어버이날이 되면 많은 일들이 생각난다. 삼십여 년 직장 일에 쫓기면서 이런저런 이유로 자식들에게 잘해주지 못했다. 부모에게도 마찬가지였다.

어머니는 쪽진머리에 눈이 크고 예쁘며 체구가 자그마하고 조용한 성품을 지닌 분이었다. 초등학교 일학년 때 어머니 따라 시장에 갔을 때 동행한 옆집 아줌마에게 "우리 애는 한글을 깨쳤지 뭐예요" 하며 웃던 어머니. 어린 마음에도 공부를 잘해 어머니를 기쁘게 해드려야겠다고 다짐했다. 훗날 내 품에 안긴 딸이 길거리 간판 글자를 읽었을 때 흐

못했던 내 마음과 그때 어머니의 마음이 같았으리라.

여름밤 봉숭아 꽃잎 찧어 손톱에 올려놓고 아주까리 잎으로 싸매주던 일, 대청 한 쪽에서 화로에 인두를 꽂아놓고 명절빔 만드시느라 밤늦게까지 바느질하던 야윈 손, 목욕탕 아궁이에 장작불 지펴 따뜻한 물로 차례로 우리 몸 닦아주던 땀에 젖은 모습들이 흐려진 기억 속에서 간간이 되살아나곤 한다.

어머니는 막냇동생을 낳고부터 몸이 약해져 한약을 드셨다. 아직도 가끔씩 한약 냄새가 어머니 냄새처럼 느껴질 때가 있다. 어머니는 여덟 살이던 막냇동생을 사고로 잃자 병이 더 깊어졌다. 아버지는 어머니 병을 고치려고 무던히도 애를 쓰셨다. 하지만 나는 어머니 병명이 무엇인지도 끝내 알지 못했다.

어머니 나이 마흔여덟이었을 때 일이다. 나는 열일곱 살에 첫 생리를 맞았다. 어머니는 말없이 장롱에서 천을 꺼내주며 당황하는 나를 꼭 안아주셨다. 잊을 수 없는 것은 편찮은 몸으로 소매를 걷어올리고 우물가에서 내 생리대를 빨아주시던 일이다. 창백하고 야윈 얼굴에 몇 올의 머리칼이 흘러내렸다. 그때 어머니의 옆모습은 무어라 형용할 수 없는 감동과 서러움으로 지금까지 내 가슴에 박혀 있다. 자기 일을 어머니에게 맡겨놓고도 아무렇지 않았던 나는 미처 소녀로도 성장하지 못했었는가보다. 어머니는 딸의 성장을 기뻐하면서도 자신이 얼마 못 살 거라는 예감에 슬펐을 것이다.

어머니는 병이 깊어진 채 몇 년을 더 사시다가 쉰다섯 살이던 섣달

초사흗날에 돌아가셨다. 땅이 꽁꽁 얼어 삽이 들어가지 않아 할 수 없이 화장을 했다. 생각할수록 가슴이 미어지는 일이다. 나는 그 일이 늘 한恨이 되었다. 훗날 백자합白磁盒에 어머니의 이름과 생년월일을 써서 구운 후 당신의 사진과 반지를 넣어 뚜껑을 닫아 한식날 아버지 산소에 합장했다.

시간은 쉬지 않고 흘러가지만 가는 세월만 있는 것이 아니다. 개인의 사정이나 역사에 따라 흐르지 않고 마냥 멈춰 있는 시간도 있다. 내게도 무거운 바위처럼 꼼짝도 하지 않는 시간, 그것은 어머니가 내 생리대를 빨아주시던 그 일이다. 우습다. 그때 어머니보다 훨씬 더 산 나는 마흔여덟 어머니를 부르는 순간 열일곱 살이 된다. 지금 생각해보면 마흔여덟이 얼마나 젊고 아름다운 나이인가.

어머니의 유일한 말벗은 어쩌다 우리 집에 오는 공주에 살던 막내이모할머니였다. 어머니와 연배가 비슷한 독실한 크리스천으로 어머니를 교회에 인도하셨던 분이다. 어머니는 종종 성경책을 무릎 위에 놓고 읽으셨다. 세례를 받았는지는 모르지만 꼭 천당에 가셨으리라는 믿음이 나에게 위안이 되었다. "네 부모를 공경하라." 성경 말씀에도 있지만 효도는 동서고금을 막론하고 인간 도리의 기본이다. 나의 뼈아픈 회한은 사랑을 받기만하고 갚지 못한 죄책감에 있다. 내 손으로 몸 한번 닦아드리지 못했고 맛있는 것이나 좋은 옷 한 벌 사드리지 못했다. 무슨 일이 잘 안 될 때면 그때 불효한 죄값이 아닐까 하는 생각이 든다.

"엄마, 용서해 주세요."

저녁 나절 탄천길을 걸었다. 서너 사람이 불어난 물가에서 잉어가 있다며 수런댄다. 어둠 때문인지 연못에 사는 잉어처럼 금방 드러나지는 않는다. '타다닥' 물수제비 뜨는 소리를 따라 물빛 닮은 잉어 몇 마리가 수초와 돌 틈새로 역류한다. 누군가 산란기라고 했다. 잉어라 해서 낮은 물가로 나오면 위험하다는 것을 왜 모르겠는가. 그것은 산란을 위해 목숨을 건 모성이다.

저만치 어미오리가 새끼오리 다섯 마리를 거느리고 유유히 물 위에 떠다닌다. 물 위를 유영하는 오리의 발은 물밑에서 쉼 없이 물갈퀴질을 할 것이다. 어미오리는 새끼오리에게 헤엄치는 법이나 먹이를 잡는 방법 등을 가르치는 중일 게다. 제 자식들을 세상 밖으로 내보내는 어미의 걱정이 시작된 것이다. 이따금은 아는 체도 하고 알아도 모르는 체 하면서. 새끼오리는 제 몫의 삶을 살아가면서, 누가 대신 해줄 수 없는 삶의 고통 속에서 삶의 의의意義를 깨닫게 될 것이다. 어미가 되어서야 내가 받은 사랑을 조금씩 알게 되고 새끼에게 자신을 다 바쳐 사랑을 쏟게 되는 것은 인간이나 미물이나 다르지 않다. 그렇게 내리사랑으로 은혜를 갚는 것이 자연의 이치인지도 모른다.

살아 있음은 기쁨이고 축복이다. 내게 남은 시간은 얼마나 될까? 하고 싶은 것 하고 무엇보다 건강하게 살면서 내 자식에게 한을 남기지 않는 어머니의 모습으로 살아야겠다. 재산을 남겨주는 것도 좋지만, 더 중요한 것은 '어머니는 잘 살다가셨다'는 말을 해주었으면 싶다. 그것이 나의 유일한 바람이다.

어머니와 나 사이의 한 조각 추억처럼, 나와 내 딸과 사이에 어떤 한 장면이 만들어진 적은 있었나 되짚어본다. 아무래도 나는 딸아이에게 따뜻한 추억 하나도 만들어주지 못한 것 같다.

해가 진 탄천길을 걸으며 멀리 사는 딸아이의 얼굴을 떠올려본다.

규야, 잘 가

연둣빛 새순이 돋는 가로수 길을 산책 중이었다. 어디선가 새소리가 들려왔다. 참새나 까치 소리는 아니었다. 확인해주려는 듯 가까이에서 그 소리가 다시 들렸다. 말로만 듣던 소쩍새 울음소리였다. 살금살금 소리를 따라 몇 걸음 다가가 나뭇잎 사이로 들어오는 햇살을 받으며 실눈으로 소리 나는 쪽을 올려다보았다. 작은 새 한 마리가 하늘로 포르르 날아올랐다. 잠시 현기증이 일었다. 하늘 어딘가로 날아간 소쩍새는 나에게 슬픈 기억으로 남아 있다.

고등학교 2학년, 대전에서 살 때였다. 경찰공무원인 아버지는 D읍으로 발령을 받아 내려갈 때 작은어머니와 여동생, 막내동생 규를 데리고 가셨다. 6월 초 토요일 밤, 큰언니는 울먹이는 아버지 전화를 받았다. 규가 많이 아프니 할머니 모시고 빨리 내려오라는 전갈이었다.

내 동생 규는 무척 영리했지만 몸이 약했다. 한국전쟁을 겪고 심신이 허약한 상태의 어머니에게 태어나서였을까, 서너 살 때부터 자주 아팠다. 한밤중에 열이 39도까지 오르고 경기를 하면 할머니는 규의 얼굴에 체를 대고 입에 머금은 식초를 뿜었다. 할머니의 응급처치가 끝나면 가까스로 규가 깨어났다.

불길한 예감에 뜬눈으로 밤을 새우고 일요일 새벽 서둘러 집을 나섰다. 그때만 해도 직행버스가 없어, 완행버스를 갈아타고 점심때서야 아버지 집에 도착했다. 집안은 무겁게 가라앉았다. 아버지의 초췌한 얼굴과 일어설 기력조차 없이 누워 있는 작은어머니. 그런데 규는 집안 어느 곳에도 보이지 않았다.

토요일은 규가 아버지와 목욕을 하는 날이었다. 그날은 손님이 올 예정이라 작은어머니는 부엌일에 바빴고, 아버지는 잠깐 무언가를 거들면서 규에게 먼저 탕에 들어가 하나부터 열까지 세라고 하셨다. 일을 마친 아버지가 규를 씻기려고 탕에 들어갔을 때 규가 보이지 않았다. 탕 안에는 나무발판만 물에 떠 있었다. 아버지는 아이가 화장실에 간 줄 알았다. 규를 불러도 대답이 없자 불길한 예감이 들었다. 발판을 걷어내니 물속에 규가 있었다. 이마가 파란 채였다. 욕조 가장자리에 이마를 부딪힌 듯했다. 어른들은 규의 주검을 서둘러 산에 묻었다.

규가 죽다니 믿기지 않았다. 금요일 낮에만 해도 우리와 통화를 했었는데.

집에서 멀지 않은 야산에 규가 묻혔다. 흙이 채 마르지 않은 나지막한 무덤 앞에 '유요셉의 묘'라 쓰인 작은 팻말이 세워졌다. 저 흙속에 규가 있다고 생각하니 가슴이 미어졌다. 금방이라도 '누나' 하고 부르며 무덤에서 뛰어나올 것만 같았다. 나는 규의 무덤에 엎드려 통곡했다. 적막한 산 속에 '소쩍소쩍' 슬픈 소리가 들리면서 나무에서 작은 새 한 마리가 날아갔다. 잠시 후 슬픈 새 울음소리는 다시 들렸다. 어른들은 그 새가 소쩍새라고 했다. 순간, 규가 죽어서 소쩍새가 되었나, 그래서 우리가 오기를 기다리고 있었나, 하는 생각이 들었다.

할머니를 모시고 산에서 내려와 성당 앞을 지날 때였다. 아이들이 마당에서 뛰놀았다. 천진한 아이들의 웃음소리, 우리 규가 살아 있으면 저들처럼 뛰어놀고 있을 텐데. 무심히 아이들을 보는데, 그 속에 내 동생 규가 보였다. "규야!" 나는 정신없이 동생의 이름을 부르며 달려갔다. 그런데 아이들 중 누구도 나를 돌아보지 않았다. "규야." 나는 가까이 다가가서 규의 등에 손을 얹었다. 그런데 뒤를 돌아다보는 아이는 규의 옷을 입은 고아원 아이였다. 동생의 옷과 학용품, 장난감은 벌써 성당에서 운영하는 고아원으로 보내졌다. 서둘러 흔적을 치워버린 것이었다.

동생이 D읍에 가기 전 큰언니는 백화점에서 규의 옷을 사왔다. 규의 초등학교 입학 기념으로 우리 7남매는 사진을 찍었다. 규는 언니가 백화점에서 사온 옷을 입었다. 사진사는 사진 한 귀퉁이에 '규야 잘가'라는 문구를 넣었다. 그때는 사진에 글을 넣는 것이 유행이었는데, 왜 하필 '잘가'라는 문구를 넣었는지 모르겠다.

대전 집으로 돌아온 할머니는 안방 책상 위에 올려놨던 그 사진을 치우셨다.

애별리고愛別離苦. 사랑하는 사람과의 이별이 제일 큰 고통이라고, 우리 집은 그날 이후 웃음을 잃었다. 할머니는 우리 몰래 자주 눈물을 훔쳤다. 아버지 얼굴에 그늘이 졌고 어머니 병은 더 깊어갔다.

"사람노릇 못할 거면 어려서 가는 게 낫다"고 주변에서 조심스럽게 위로했지만 삶과 죽음의 경계는 너무도 뚜렷하고 고통스러웠다.

모든 것은 지나간다. 애통한 세월도 흘러갔다. 규가 가고 몇 년 후, 늘 편찮으셨던 어머니가 돌아가셨고 3년 후에 아버지도 가셨다. 마흔 중반의 작은 언니도 갑자기 떠났다. 그렇게 사랑하던 사람들이 하나둘 내 곁에서 사라졌다. 젖지 않고 가는 삶이 없다고, 우리는 바람에 벼려지고 비에 젖으며 슬픔에 젖어 살아간다. 죽음은 애벌레가 나비가 되어 훨훨 날아가는 것이라 했다. 죽음과 삶은 한 고리로 이어져 지척이라고도 한다. 그래서 그런지 이제는 죽음이 낯설지 않다.

깊은 산에서만 사는 줄 알았던 소쩍새가 어떻게 여기까지 날아왔을까? 우리 규가 소쩍새의 몸을 받아 다시 태어난 걸까. 어쩌면 규는 본시 소쩍새였는지도 모른다. 규의 옷을 입은 고아원의 아이처럼 윤회의 회로에서 내 동생으로 잠시 우리 곁에 머물다 갔는지도 모를 일이다. 그 인연 찾아 불원천리 마다 않고 온 것일지도 모를 일이다.

새가 날아간 쪽을 바라보며 오랫동안 서 있었다. 그날 규를 보낸 그 마음 그대로 나는 규를 마음 안에 끌어안고 여직 살아왔다. 보내지 않으니 가지 않았나 싶어 나는 규를 보내주기로 했다. 여전히 나에게는 어리기만 한 규. 동생이 서너 살 때 나와 함께했던 장면이 떠오른다. 눈이 서글서글한 모습이다. 나를 잘 따랐던 규를 생각하며 짧은 글 한 편 썼다.

그바

동생이 고사리손으로 눈을 비빈다.
규야, 왜 그래?
누나 눈이 가려워
어디 바
눈꺼풀에 살짝 내 손을 대자
그바 가렵지?
으응
동생을 꼬옥 안아주었다

이 글은 규와 나만 아는 이야기이다. 누나처럼 엄마처럼 나를 따랐던 규. 가려운 눈을 만져준 나에게 자신의 가려움이 느껴진 줄 알고 누나에게 응석부리는 장면이다. 지금도 그 장면은 어제처럼 생생하여 규의 얼굴까지 또렷이 기억난다.

김치를 담그며

처서가 지나자 끝날 것 같지 않던 여름이 슬그머니 꼬리를 내렸다.

동네 재래시장 채소가게 앞에는 밀차를 밀고온 주부들이 늘어섰다. 거의 바닥이 난 김칫거리 좌판에서 열무 두 단과 배추 얼갈이 한 단을 내 밀차 옆에 내려놓았다. 뿌리에 황토가 묻은 실한 쪽파단을 옆에 아주머니와 반씩 나누고 부추 한 단, 조림고추 한 봉지를 집었다. 어떤 이가 호박잎 쪄서 강된장 끓여 쌈 싸먹겠다며 호박잎을 들었다. 나도 호박잎이랑 아욱 한 단을 냉큼 집어들었다. 가을 아욱국은 문을 닫아놓고 먹는다는 말이 있듯이 된장 풀어 마른새우 넣고 아욱국을 끓여볼 참이었다. 시장에 오면 나도 모르게 '따라쟁이'가 되곤 한다.

과일 좌판에는 참외, 복숭아, 소쿠리에 수북이 담긴 연노란 배가 먹음직스럽다. 이곳저곳을 유심히 살핀다. 박스 안 자잘한 고구마에 눈길이 간다. 햇고구마다. 1kg을 달라고 하자, 가게 아주머니는 검정 비닐봉지에 고구마를 두 움큼 집어넣는다. 가게 안의 저울에 얹어보고는 오천 원이라며 내게 건넨다. 저울 눈금을 확인하는 사람은 아무도 없다. 그의 손은 저울이고, 말은 가격표다.

가게 아주머니는 김칫거리, 쪽파, 부추 등을 큰 비닐봉지에 담아 내 밀차에 실어주며 삼만 원이라고 했다.

'손이 수고한 대로 먹는다'는 말처럼 가뭄에 폭염, 집중호우 속에서 농부들이 흘린 땀방울 덕분에 흡족한 장을 보았다.

현관 밖에 신문지 대여섯 장을 펼쳐놓고 김칫거리를 다듬는다. 배춧잎은 벌레가 갉아먹어서 새끼손톱만한 구멍이 숭숭 뚫렸지만 그런 대로 싱싱하다. 겉대도 별로 떼 낼 게 없어 뿌리만 자른다. 농약을 치지 않았다는 말이 가장 반가웠다.

나는 해마다 햇 물고추를 조금 사서 햇볕에 말려 갈무리하여 아들이 좋아하는 열무김치를 두세 번 담근다. 내 경험으로는 물고추는 빛깔은 좋지만 건고추에 비해 구수하지 않고 깊은 맛이 덜하다.

씻은 채소를 연한 소금물에 절인다. 건고추를 물에 불려 씨째 갈고, 자작하게 담그려고 풀을 되직하게 쑨다. 스테인리스 대야에 양념이랑 젓갈, 김칫거리를 넣고 살살 버무린다. 그런데 슬슬 오금이 저리고 허리가 뻐근하다. 조금만 일을 해도 꾀병처럼 나타나는 고질병, 이럴 때면 우리 외할머니 생각이 난다. 언제나 하얀 수건을 머리에 쓴 할머니, 짬짬이 허리를 손으로 주무르시던 외할머니, 툇마루에 앉아서 수심에 가득 찬 얼굴로 깊은 숨을 내쉬며 곰방대를 물던 우리 외할머니. 할머니 얼굴에는 언제나 외로움이 피어났다.

우리는 대전에서 살았다. 형제들은 여름방학 때 예산 광시면 양지마을 외가에 몇 번 갔지만, 늘 몸이 편찮으신 무남독녀 우리 엄마는 함께 가지 못했다. 외할아버지는 손자손녀들을 위해 참외를 한 바지게 사서 지고 오셨다. 우리는 들마루에 앉아서 참외를 마음껏 깎아먹었다. 밤이면 외할아버지가 마당에 모깃불을 피우셨다. 우리는 부채질하며 들마루에 누워 별을 헤이고 별똥별을 좇았다. 인자하신 외할아버지께서 돌아가신 후 외할머니는 외딴 집에서 홀로 지내셨다.

텃밭에서 여린 배추 몇 포기와 콩 포기를 뽑아서 마당에 펼쳐놓고, 할머니는 배추를 다듬어서 후다닥 부엌으로 가져가셨다. 우리들은 꼬투리 속의 콩처럼 붙어 앉아서 콩을 깠다. 밥에 넣을 콩을 바가지에 덜어내면서 외할머니는 한 말씀 하셨다.

"하나를 심으면 이렇게 많이 주시는 데 사람들은 못 산다고 투정부린다"고.

학교 문전에도 못 가신 분, 개미처럼 일만 하시던 부지런한 외할머니의 말씀은 어린 마음에도 깊이 새겨져 금과옥조金科玉條가 되었다.

정성을 다한 김치를 크고 작은 통에 각각 담는다. 김치 빛깔도 좋고 맛이 구수하다. 남들은 갓 담근 김치가 상큼하다, 신선하다, 개운하다고들 말하는데 왜 내 입맛에는 구수한 맛이 나는지 모르겠다. 그런데 어렸을 적 먹었던 외할머니 김치 맛이 아니다. 산골에서 젓갈도 변변찮았을 텐데 외할머니의 김치 맛에는 어떤 비결이 숨었던 것일까?

어둠이 내려앉았다. 남은 쪽파와 부추는 잘 보관했다가 오이를 사다 손자가 좋아하는 오이소박이를 담글 것이다. 열무 겉대를 삶아 시래기 한 줌을 만들어놓은 후 고구마 두 개를 씻어 밥쌀 위에 얹고 가스불을 켠다. 늦은 저녁밥이 되었다. 밥상에는 잡곡밥 한 공기, 아욱국 한 대접에 갓 담근 김치 한 보시기가 전부다. 시장이 반찬인데 무슨 반찬이 또 필요하겠는가. 윤기 흐르는 따끈한 밥에 슴슴한 김치를 넌출넌출 얹어먹는 맛은 꿀맛이다. 우스갯소리로, 한의사가 싫어하는 게 밥이란다. 밥이 '보약'이라나. 밥 한 공기 다 먹고 밥풀과자처럼 밥알이 붙은 고구마를 집어든다. 밤고구마라더니 포슬포슬한 게 마치 밤을 먹는 것 같다.

사랑하는 이들을 위해 무언가 할 수 있다니 기쁘다. 훗날 우리 아이들도 내가 만들어준 김치 맛을 기억할까? 그런 생각을 하다보니 저절로 숙연해진다. 외할머니의 김치가 나에게 어릴 적 추억이 되었듯, 나의 김치도 그저 아이들을 위한 나의 사랑으로 기억되었으면 한다.

밥상을 물린 후 간이 좀 싱거운 듯해서 김치 위에 꽃소금을 조금 얹는다. 구름 사이로 밝은 달이 느리게 떠간다.

연아, 높이 올라라

빼꼼히 열린 현관문으로 들어서자 잘 차려진 음식상이 덩그마니 우리를 반겼다. 뒤이어 친구 숙이가 들어섰다. 우리를 마중 나갔는데 길이 어긋났다고 했다. 정성껏 차려놓은 밥상에 친구들이 빙 둘러앉았다. 얼마 전까지만 해도 가스 불 켜는 게 무섭다고 하더니 어떻게 음식을 만들었을까. 보글보글 끓는 찌개랑 겉절이가 일품이었다.

막내가 늦깎이 결혼을 하게 되어 미리 분가하고, 부모에게 집을 마련해주어 11년 만에 내 집에서 살게 됐다며 숙이는 활짝 웃었다.

하숙을 치던 숙이가 변두리 넓은 집으로 이사했다. 유명 의류회사의 두세 곳에서 하청을 받아 의류 납품을 시작했다. 집안은 숙식하는 여공들로 북적였고 장독대의 큰 항아리에는 된장 고추장이 그득했다. 늘 김장하듯 김치도 많이 담갔다. 그 바쁜 중에도 숙이는 친구모임에 빠지지 않았다. 차츰 자리가 잡히는 듯했다. 하지만 'N회사의 부도'라는 태풍이 몰아닥쳤다. 도미노 현상으로 숙이네 마루에도 납품할 옷들이 산더미처럼 쌓였다.

서둘러 딸을 결혼시키고 큰아들은 취업해 나갔다. 고등학생 아들은 필리핀으로 떠났고, 부부는 빈손으로 서울역에서 하행열차를 탔다. 정처 없이 대구에서 내려 헤매다가 국밥집에 들어가 국밥 한 그릇 먹은 인연으로 그 식당 일을 거들었다. 숙식을 해결하며 일 년을 지내던 중 시골의 가내공장을 소개받았다. 공장이래야 부부와 동네사람, 그렇게 셋이서 파리나 쥐의 몸에 한번 붙으면 떨어지지 않는 '끈끈이'를 만드는 일이었다. 그 집 가스레인지 위 커다란 들통엔 늘 원료가 끓었고 실내는 역한 냄새로 가득 찼다.

어느 날, 신나 묻은 걸레에 붙은 불이 작업하던 숙이에게 바로 옮겨붙었다. 그의 옷과 신발에는 인화성 강한 신나가 묻은 때문이었다. 화마는 순식간에 실내에 번졌고 본능적으로 밖으로 뛰쳐나가 뒹굴다가 그녀는 기절했다. 의식을 찾았을 때는 종합병원이었고 얼굴과 상반신을 빼고 온몸에 3도 화상을 입었다. 데인 몸을 식초로 닦아 낼 때의 아픔, 등에서 살을 떼어 이식수술을 하던 일, 엎드려만 지내 유두가 배겨 아팠던 일…. 숙이의 고통은 나열할 수 없을 정도였다. 그녀의 남편은 유독가스를 마셔 폐와 기관지가 상했다.

그녀가 깜빡 잠에서 깼을 때 초로의 남자가 침대 옆 의자에 엎드려 자고 있었다. 헝클어진 반백의 머리, 핏기 없는 얼굴, 까칠한 손등, 오랜만에 본 남편의 모습이었다. 그 순간 남편이 너무 불쌍했다. 고생 모르던 숙이는 시집와서 그간에 겪은 일과 화상의 아픔으로 남편을 원망하고 미워했던 마음이 눈 녹듯 사라졌다. 새 살이 돋으면서 피부에 말라붙은 딱지를 떼내는 일은 큰 고통이었다. 딱지를 떼내야 새 살이 빨리 돋는데 남편은 안쓰러워 못하고, 본인은 아파서 떼어내지 못했다. 그 병원에서 두 달, 또 다른 병원에서 치료를 받았지만, 아무런 보상도 받지 못한 채 퇴원해야 했다.

퇴원 후, 친구 부부는 갈 곳이 없었다. 몸도 아프고 무엇보다 외로워서 대구를 떠났다. 일산의 단칸 지하 셋방에 살며 남편과 손잡고 작은 개척교회에 나가면서 마음의 평온을 되찾았다. 필리핀에서 돌아온 효심 깊은 아들 덕분에 차츰 안정을 찾게 되었다.

해질녘, 토요일의 호수공원은 가족나들이 객들로 북적였다. 누군가 11월 11일 오늘은 '세계 걷기의 날'이라고 했다. 우리들도 팔을 휘이휘이 저으며 호수를 끼고 걸었다. 다리를 절룩이며 걷는 숙이의 걸음걸이는 의외로 빨랐다. 천천히 걸으면 화상 입은 종아리가 당겨서 빨리 걷는 것이라고 했다.

몸이 불편한 것과 마음이 불편한 것의 차이는 무엇일까. 어느새 나는 몸이 불편한 숙이와 오래 전 마음 한 구석이 기울어져버린 나의 아픔을 견주고 있었다. 그녀도 나도 의도한 아픔은 아니었지만 우리는 모두 불구의 몸이었다. 몸은 불편하지만 자신만 바라보는 남편을 의지하며 살아가는 숙이와, 몸이 건강하나 남편 없이 살아가는 나 중 누가 더 아픔을 가졌는가를 따지는 것은 무의미하다. 하지만 내 마음속엔 늘 채워지지 않는 무엇이 있었다. 혼자 사는 것이 부끄러운 것은 아니지만 때로는 주눅이 들곤 했다. 산다는 것은 어쩌면 외로운 일들의 연속일 것이다.

"사람 그리워 당신을 품에 안았더니 당신의 심장은 나의 오른쪽 가슴에서 뛰고 끝내 포갤 수 없는 우리 선천성 그리움이여." 어디선가 보고 노트에 메모해두었던 글이 내 마음을 툭, 하고 건드렸다.

노을이 불타는 하늘, 단풍나무가 있는 호숫가는 그림처럼 아름답다. 간간이 개구쟁이 소년 같은 바람은 나뭇가지를 흔들다가 호수로 쓸려 들어간다. 바람 따라 호수로 간 단풍잎은 물매미처럼 맴을 돌고 오리들은 한가로이 유영한다.

'푸드득' 갈대밭에서 새가 날아갔다. 새가 날아간 하늘 위로 형형색색의 연鳶이 바람살을 탔다. 연도 단풍이 들었는지 빨간 가오리연, 회색 물고기연, 노란 나비연 등 다양했다. 높이 비상하는 연을 잡으면 행운이 온다는 말이 있다. 앞서거니 뒤서거니 하던 파란 방패연이 낙엽처럼 휘날린다.

'연줄이 끊어진 걸까?'

연은 줄이 있기에 하늘로 올라간다. 연줄이 끊어지면 하늘 높이 더 오를 것 같지만, 이내 추락한다. 연 날리는 사람은 기도하는 마음으로 연줄을 풀고, 세차게 부는 바람과 맞서며 앞서거니 뒤서거니 하며 강한 바람을 맞기도 한다. 견딜 수 있을 만큼의 고통을 주신다는 말씀처럼 다시 딛고 일어서는 우리의 삶도 이와 같지 않을까?

상승과 하강을 반복하던 파란 방패연이 드디어 솔개처럼 드높이 날았다. 나도 덩달아 신바람이 났다.

'연아, 높이 날아라.'

한밤의 에어쇼

한밤중이었다. 잠이 깬 나는 거실로 나와 책을 보았다. 갑자기 파리 한 마리가 날아다니며 나의 독서를 방해했다. 방충망이 뚫린 것도 아닌데 어떻게 집안으로 들어온 걸까? 깊은 밤, 사위는 적막한데 파리는 종횡무진이었다. 적반하장도 유분수다. 놈은 감히 누가 내 영역을 침범하느냐는 듯 제법 큰소리를 내며 공격적으로 날아다녔다. 순간, 오래전에 본 영화, 〈파리The fly〉가 떠올라 소름이 돋았다.

공간 전송장치를 연구하던 천재 과학자 세드는 발명품을 완성했다. 그는 마지막 테스트에서 '자신'을 넣는데 실수로 파리 한 마리가 전송장치에 들어가 합성된다. 세드는 갑자기 힘이 세지고 몸이 유연해져 마치 기계체조 선수처럼 철봉 묘기를 한다. 손발톱이 빠지는 등 신체 이상을 느낀 그는 확인 끝에 자신이 파리와 합성됐음을 안다. 아내 로니는 세드의 변한 성격을 견디지 못하고 그와 멀어진다. 임신한 로니는 유산했고 수술 중 커다란 번데기가 나오는 악몽에 시달린다.

세드는 파리의 유전자를 극소화하고 순수한 유전자와 합성하면 된다는 결론을 얻어냈지만 파리인간은 파멸을 맞는다.

급한 대로 싱크대 위에 있는 고무장갑 한 짝을 집어들었다. 그렇게 파리와의 전쟁은 시작되었다. 쫓고 쫓기는 긴박한 순간. 놈은 마치 국군의 날 에어쇼하는 비행기처럼 높게 낮게 잘도 날았다. 나는 놈을 잡기 위해 헛손질을 하고 점프도 시도했지만 번번이 실패로 끝났다. 반드시 잡고야말겠다는 다짐은 점점 풀이 빠지고 있었다. 그런데 놈도 지쳤는지 소파에 앉을 듯 말 듯 휘청거렸다. 나는 있는 힘을 다하여 놈을 향해 고무장갑을 내려쳤다. 탁! 소리만 요란할 뿐, 파리는 소파 뒤 틈새로 꼭꼭 숨어버렸다. 어디쯤 맞은 것도 같고 그렇지 않은 것도 같았다. 생사는 어디 갔던지 행방이 묘연하니 찜찜하기만 했다. 파리의 장단에 맞춰서 한밤중에 모노쇼를 했다 생각하니 헛웃음이 나왔다.

그런데 몇 초가 채 안 돼서 더 큰 바람소리를 내며 놈이 나타났다. 날개를 활짝 펴고 이리저리 왔다갔다 내 정신을 온통 흔들어놓았다. 도무지 끝날 것 같지 않은 게임이었다. 나는 숨을 헐떡이며 소파에 쓰러지듯 구겨앉았다. 놈도 정신없이 날아다니다가 형광등 위에서 날개를 접었다. 무승부였다.

그래도 염치가 있는 놈이라는 생각이 들었다. 식사 시간에 나타났다면 비위 약한 나는 밥을 먹지 못했을 것이다. 그나저나 먹을 것도 없는 우리 집에 어떻게 들어온 것일까. 과자부스러기는커녕, 단출한 주방은 음식을 먹은 흔적을 찾아보기 어렵다. 본전도 못 찾은 파리가 안타까웠다. 괜한 집에 들어와 목숨까지 잃을 뻔하지 않았는가. 나는 파리를 날려보내기로 했다. 하지만 내 속내를 알 리 없는 놈은 형광등 위에 꼼짝 않고 앉아 있다.

창문을 활짝 열었다. 이제부터 밖으로 나가고 말고는 녀석의 몫이었다.

늦은 아침을 먹었다. 설거지를 하려는데 몸집이 제법 큰 파리 한 마리가 개수통 주변을 맴돌았다. 어제 밤 에어쇼를 하던 놈인 듯했다. 놈은 비실비실 맥을 못 추스르고 있었다. 나는 신문지 귀퉁이를 뜯어와 놈을 거기 올린 후 창밖으로 던져버렸다.

2박 3일

다리를 건너자 뽀얀 먼지를 일으키며 프라이드 한 대가 내 앞에서 멈추었다. 석이 남편이었다. 뒷좌석에는 골프채 대신 농기구와 흙이 묻은 긴 장화가 보였다. 마을 끝에서부터 300여m 구붓한 언덕길 양편으로 벚나무가 줄지어 섰다. 차에서 내리자 기와집 한 채가 보이고 개 짖는 소리가 요란했다. 메리골드 예쁜 꽃길을 지나 수세미가 주렁주렁 매달린 수세미 아치 그늘에서 석이가 웃고 있었다. 6년 만이었다.

석이는 부여중학교 1학년 때 한 반 친구였다. 백강마을에 살던 그는 배를 타고 백마강을 건넌 후 10리 길을 걸어서 학교에 다녔다. 눈비가 와도 결석 지각을 하지 않았다. 나는 10월에 대전으로 이사했다. 오십을 넘어 서울에서 '부여친구모임'으로 우리는 다시 만났다. 그는 천안에 사는데 종갓집 맏며느리로 층층시하에 시동생들 뒷바라지까지 마쳤다고 했다.

몇 년 전 여름, 석이의 초대를 받고 천안 석이네 집에 갔다. 넓은 제

재소 마당 한편에 산더미같이 쌓인 목재, 나무냄새, 나무 켜는 소리, 활력 있게 움직이는 사람들…. 안채에 들어섰다. 집안 분위기는 화려하지 않아도 단출하나 외려 품위 있어 보였다.

정성껏 마련한 음식상에 둘러앉았다. 열무김치가 백미였다. 차를 마시는데 석이가 친구들에게 말했다.

"옥양목 이불 홑청 있으면 버리지 말고 나에게 줘. 물들여 다듬어서 절에서 공부하는 스님 옷 지어주게."

석이의 마음이 읽혔다. 당시에는 일일이 손질하여 꿰매는 이불 홑청에서, 세탁해 그냥 끼워 쓰는 홑청으로 바뀔 때였다. 하지만 나는 그것을 석이에게 전하지 못했다. IMF 후로 그는 모임에 나오지 않았다. 뭔가 잘못됐음을 어렴풋이 느꼈다.

석이 방 아랫목에는 보료가 깔려 있고 낮은 책상에는 불경佛經이 펼쳐져 있었다. 마주 앉아서 얼음 띄운 상큼한 매실차를 마셨다. 댓돌 위에는 흰 고무신 한 켤레가 놓여 있었다. 고무신을 신고 친구를 따라 담을 끼고 걸었다. 그의 굽은 등이 짠해보였다. 그는 낫으로 나무에 감긴 풀 넝쿨을 탁탁, 내리쳤다. 누렇게 누운 풀밭을 휘돌아 갈 지之 자 모양의 산길에 올랐다. 석이 남편이 심은 참두릅나무랑 밤나무 옆에서 숨을 고르며 우리가 걸어온 길을 내려다보았다. 파란 하늘 아래 붉은 감이 다닥다닥 열린 집 한 채. 곡선의 기와지붕, 뒤란의 오밀조밀한 장독대, 앞마당에 줄지은 채마밭, 가끔씩 짖어대는 세 마리의 개, 무척 평

화로웠다.

산속의 어둠은 빨리 찾아온다. 작은 창밖에는 별이 총총하다. 친구가 담담하게 말문을 열었다.

"천안에 아파트가 들어서면서 더 바빠졌어. 예상치 못한 IMF로 회수하지 못한 외상값과 목재대금으로 받은 어음은 휴지조각이 되었지. 설상가상으로 남편이 친척의 보증을 서준 것이 잘못되어 재산도 차압당했어. 막내딸 시집 밑천하려고 틈틈이 모은 돈까지. 거기에는 자투리 나무와 나무껍질, 톱밥을 팔아 모은 돈까지 포함되었어. 억울하고 부끄럽고 갑자기 변한 인심에 견디기 어렵더라고. 무엇보다 남편의 좌절과 절망이 두려웠지."

아침에 눈을 뜨자 그는 감자국 끓여줄까, 호박 젓국찌개 해줄까, 나에게 물었다. 마당에서 가지 두어 개, 호박 한 개, 파 몇 뿌리를 뽑아오라 했다. 마치 엄마 심부름을 하는 아이가 된 것 같았다. 참깨 한 줌 일어 볶아 콩콩 빻아 깨소금을 만들어 한 수저 푹 떠서 내 입에 넣어주었다. 아침 반찬은 감자국, 가지나물, 호박전이었다. 이슬 때문에 10시가 돼서야 마당으로 나갔다. 나는 마당 한편에 있는 고구마 밭에서 고구마 줄기를 따고 석이는 마른 고추꼭지를 땄다. 밀짚모자 밑으로 땀이 흘러내렸다. 산에서 돌 틈으로 흘러내리는 물을 손으로 받아먹었다. 물맛이 달았다. 큰 바구니에 고구마 줄기가 수북해지자 석이는 화덕에 불을 지펴 그것을 삶아 채반에 건졌다.

점심을 먹은 후 집 앞쪽으로 나갔다. 고추잠자리가 낮게 날았다. 키 작은 복숭아나무 앞에서 발을 멈추었다. 그는 불그레한 복숭아 세 개를 따서 돌 위에 내려놓고, 몇 걸음 앞, 두엄에 심은 호박넝쿨에서 애호박 한 개를 따더니 풀밭에 놓았다. 그리고 밤나무 밭으로 내려갔다.

"이거 내가 심은 거여. 밤은 옥광이 최고지. 올밤이여."

석이가 땅에 떨어진 밤송이를 고무신 발로 지그시 누르며 낫 끝으로 헤집자 밤 두 톨이 나왔다. 어렸을 때처럼 앞니로 속껍질을 벗겼다. 연한 속살이 향긋하고 달았다. 밤은 풋밤이 제일 맛있다. 석이는 밭둑에 심은 옥수수를 뽑고 총각무를 심겠단다. 그는 땅 한 뼘도 놀리지 않았다.

작은 창에는 지난 밤처럼 별이 총총했다. 서로의 손톱 위에 봉숭아 꽃잎을 올려놓고 아주까리 잎으로 싸맨 후 나란히 누웠다.

친구 내외가 천안역까지 바래다주었다. 농사 지은 것이라며 팥, 깨, 밤, 청국장 등을 골고루 싸주었다. 친정에 다녀가는 것 같았다. 헤어지면서 석이가 했던 말이 떠올랐다.

"다 잃고 나니까 처음엔 죽을 것만 같았어. 그런데 잃은 게 하나도 없더라구. 빈손으로 태어나 이만큼 채웠으면 그만이지. 마음을 비우니까 세상은 넓고 아름다워."

2박 3일, 친구와 보낸 짧은 일정에서 그의 삶을 들여다볼 수 있었다.

내가 기억하는 것들

퇴근하신 아버지 안색이 어두웠다. 집안은 금세 무겁게 가라앉았다. 할머니와 엄마는 부엌에서 밤 늦도록 미수가루를 만드셨다.

이튿날 새벽, 부모님과 우리 6남매는 쓰리쿼터를 타고 조치원 '새탐말' 고모댁으로 향했다. 조부모님은 대전집에 남았다. 출발할 때 시작된 비는 장대비로 바뀌어 앞이 보이지 않았다. '새탐말' 동네 입구 농로에서 차가 멈췄다. 우산을 들고 마중나온 고모부와 고종사촌 오빠를 따라 진흙탕 길을 걸어서 고모댁으로 들어갔다. 아버지가 서울 출장길에 사다주신 빨간 구두는 진흙범벅이 되었다. 아버지는 고모의 시어머니께 인사를 드린 후 '며칠 있다 우리를 데리러 오겠다'고 하고는 되짚어 운전기사와 떠나셨다. 경찰공무원 아버지는 남쪽으로 내려갔다. '며칠'이 '석 달'이 돼버린 한국전쟁이었다.

'새탐말'은 홍 씨 집성촌이다. 고모댁은 동네에서 손꼽히는 부자로 넓은 집 안팎이 늘 깨끗했다. 상투를 한 고모부는 할아버지 회갑 때 한번

뵌 적이 있다. 그분은 울타리가 없는 마당과 면해 있는 사랑채에서 꼭 두새벽에 글을 읽으셨다. 글 읽는 낭랑한 목소리는 우리가 머물던 안채까지 잠결에도 들려왔다. 고모부는 글을 읽은 후 머슴과 들에 나가셨다. 우물 옆 닭장에서 꼬꼬댁 소리가 나면 고종사촌 여동생 옥이는 닭장에서 달걀을 꺼냈다. 밥상에는 언제나 달걀찜이 올라왔다. 청상에 혼자서 고모부를 키운 고모시어머니는 우리를 못마땅해 했다.

내 구두가 망가져 옥이의 낡은 고무신을 신고 사촌들과 들판에서 맘껏 뛰놀았다. 열흘쯤 지났다. 동네 어귀 느티나무 밑에 따발총을 멘 젊은이들 십여 명이 다리를 뻗은 채 앉아 있었다. 북한군이었다. 아이들이 빙 둘러서서 구경하는 틈에 나도 끼었다. 그들은 아이들에게 말을 걸고 웃기도 했다. 한 사람이 나에게 작은 실패를 주어서 얼떨결에 받았다. 엄마에게 보이자 버리라면서 '여길 빨리 떠나야 한다'고 했다. 인민군 소식은 바람처럼 빨랐다. 고모의 시어머니가 고모를 향해 포문을 열었다.

"3대 독자 외아들 죽이려느냐. 어서 저 사람들 내보내라. 안 그러면 내가 나가겠다."

이튿날 아침, 고모의 주선으로 우리는 고개 너머 '띠실마을'의 먼 친척집으로 갔다. 머슴이 우리의 작은 고리짝을 지게에 올렸다. 그 집은 한눈에 봐도 궁색해 보이는데다 아주머니와 아이들은 우리에게 쌀쌀했다. 바뀐 세상이다. 우리는 문간방에서 숨죽이며 지냈다. 어머니는 아주머니한테 쌀을 조금 샀다. 풍로에 냄비밥을 해서 냄비째 소반에 올려놓고 간장을 반찬으로 먹었다. 엄마는 우리가 먹고 남은 밥을 드셨다. 돌이 안 된 젖먹이가 있었는데, 지금 생각하면 가슴이 미어진다. 열댓 살 그 집 아들 둘은 동네 아이들과 어울려서 말린 호박잎을 말아서 담배를 피웠다. 닷새쯤 지났을까, 아주머니가 엄마에게 '옆동네에서 인민재판을 했는데 반동분자를 그 자리에서 총으로 쏴죽였다며, 여기서도 곧 인민재판이 열리는데 우리가 제일 먼저 재판을 받게 될 거'라고 했다. 그 집은 더 이상 피난처가 되지 못했다. 어머니는 죽더라도 집에 가서 죽겠다며 그 밤으로 길을 나섰다. 고리짝은 그 집에 맡겨두었다. 훗날 고리짝을 가지러 갔지만 그 여자는 비단옷감을 꺼내서 옷을 해 입었다.

물어물어 샛길로 밤새 걸었다. 이튿날 아침 대평리 다리를 건널 때 폭격이 심해져서 땅바닥에 납작 엎드렸다. 가까스로 저녁때 대전집에 도착했다. 할아버지는 대나무로 만든 통에 샘물을 담아서 발을 담그게 하고 발을 주물러주셨다. 꽃밭에서 채송화, 백일홍, 해바라기 꽃이 반겨주었다. 오랜만에 평온을 찾았지만 그것도 잠시였다.

할아버지는 전에 없이 대문을 잠갔다. 하루가 지났다. 문 두드리는 소리가 요란했다. 몇 집 건너 사는 가위공장 남자와 낯선 사람 둘이 들이닥쳤다. 그들은 구둣발로 마루에 올라섰다. 안방, 건넌방, 사랑방, 벽장까지 샅샅이 뒤진 후 마룻장을 뜯었다. 우리는 마당에서 벌벌 떨었다. 권총을 든 남자가 어머니 가슴에 총부리를 겨누었다.

"당신 남편이 경찰서장이라며? 남편 어디다 숨겼어?"

엄마의 얼굴이 하얘졌다. 그는 엄마에게 사흘 후 내무서로 오라고 하고는 갔다. 할아버지는 대문을 잠그며 가위공장 놈이 '빨갱이 앞잡이'라고 했다. 우리 엄마는 사흘에 한번씩 아기를 업고 내무서에 불려다녔다. 집에는 툭하면 낯선 사람들이 들락거렸다. 중학교 2학년 큰언니에게는 여성동맹에 가입하라고 했다. '산 넘어 산'이라고 식량이 떨어졌다. 부지런한 엄마가 봄에 담가둔 조기젓이 양식으로 바뀔 줄은 몰랐다. 엄마는 조기젓을 함지박에 담아서 머리에 이고, 작은언니는 아기를 업고 아침 일찍 시골로 다니면서 보리쌀과 바꾸었다. 젖이 나오지 않아 아기가 울면 수수밭에서 수수알갱이를 떼어서 아기 입에 넣어주었다. 아기의 변에서는 수수알갱이가 그대로 나왔다. 어머니는 온종일 뙤약볕에서 머리에 무거운 것을 이고 땀에 절어 저녁때야 집에 왔다. 할머니와 큰언니는 보리쌀을 닦아 화덕에 보리밥을 했다.

하루는, 인민군 소년병이 긴 총대를 메고 나타났다.

"할아버지 동무, 동무 아들이 이 부엌에다 사람을 가둬놓고 죽였다면서요?"

할아버지의 팔자수염이 떨렸다. 손자뻘 되는 어린 것이 '동무'라며 지껄이는 맹랑한 소리를 참아야만 했다. 우리 할아버지는 전쟁이 나기 전, 사랑방에서 팔자수염을 만지며 목청껏 시조를 읊고 장죽을 물었던 분이다. 틈틈이 미농지를 꼬아 노끈을 만들어 용돈을 벌어서 담배를 샀다. 노끈은 관공서에서 장부를 묶는 데 사용했다. 외출 시에는 검정 망토에 구두를 신고 지팡이를 휘두르던 멋쟁이였다.

밖에 나갔다 오신 할머니가 치마폭에서 뭔가를 꺼냈다. 하얀 쌀밥이 고봉으로 담긴 밥그릇이었다. 어디서 밥을 해주고 얻어온 것이라 했다. 우리들은 밥그릇 앞에 둘러앉아 숟가락을 들었다. 고봉으로 꾹꾹 눌러서 퍼온 밥이 줄어들자 그릇 가장자리에 이 빠진 곳 두세 개가 보였다. 밥이 바닥이 났다. 밥그릇 안에서 줄이 간 매화꽃이 얼굴을 내밀었다. 할머니는 버려진 밥그릇을 여러 번 닦았을 것이다. 그날 먹은 밥은 세상에서 제일 맛있는 쌀밥이었다. 조부모님이 계셔서 든든했다.

그런데 친척이 선물한 진돗개 '해피'가 슬그머니 사라졌다. 집안 형편을 알고 나간 것 같았다. 지금도 간간이 '해피' 생각이 난다.

비행기 폭격이 심해져서 자다가도 마당에 만든 방공호 속으로 가 밤을 새웠다. B29 비행기가 뜨고, 삐라가 떨어졌다. 삐라에는 인민군의 후퇴를 알리는 내용이 적혀 있었다. 어느 날 밤, 쌀을 배급한다며 누군가 대문을 두드렸다. 할아버지는 거짓말이라며 문단속을 했다. 날이 밝자 길에는 인민군 옷이 널려 있고 시체가 늘비했다. 인민군이 후퇴하면서 사람을 죽이고 일반인의 옷으로 갈아입었던 것이다. 점심때 우리는 태극기를 들고 거리로 뛰쳐나갔다. 국군들의 자동차 행렬을 향해 시민들은 목청껏 만세를 불렀다. 하루 이틀이 지나자 아버지와 삼촌 셋이 돌아왔다. 오랜만에 사람 사는 집 같았다.

우리 아버지는 수시로 지리산에 공비토벌을 다녔다. 국군이 압록강까지 진격했지만 중공군의 개입은 1·4후퇴로 이어졌다. 나팔을 잘 불던 공고생 막내삼촌이 가족 몰래 친구랑 군악대에 지원 입대해 돌아오지 않았다. 할머니는 밤마다 장독대에 정화수를 떠놓고 빌고, 점집에도 다녔다.

지리산 공비토벌을 다니던 아버지가 Y읍 경찰서장으로 전근되어 우리 식구는 이사했다. 경찰서 유치장이 모자라 '조흥은행' 건물까지 부역자들로 넘쳐났다. 무서웠다. 살벌한 분위기 속에서, 순경 아저씨는 늘 아버지를 경호했다. 가끔 아버지는 순경들과 청년단을 인솔해 공비토벌을 다니셨다.

아침마다 우리 집에 친척 아주머니가 왔다. 6·25때 부역을 한 남편의 구명 때문이었다. 전시라서 경찰서장에게 즉결처분권卽決處分權이 있었다.

30여 년이 지났을 때, 우연히 어떤 노인한테 우리 아버지 '유기O' 경찰서장을 칭송하는 말을 들었다. 아버지는 피의 보복을 하지 않고, 우두머리 몇 명만 처단하고 모두 방면해주었단다. 당시 아버지의 나이 삼십 후반이었다. 그때는 어려서 나는 몰랐다. 고인이 되신 우리 아버지가 고맙고 자랑스러웠다. 우두머리였던 그 아주머니 남편은 당연히 처단됐다. 아버지는 그분 아들의 학비를 한동안 대주었다. 그는 신학대학 졸업 후 목사가 되었다.

할아버지가 돌아가신 후, 몸이 약한 어머니는 동생 규를 낳았다. 부모님은 어린 동생 둘과 지방에 계시고, 우리는 대전에서 할머니와 살았다.

아버지는 매일 집에 전화를 했다. 대전에 출장 오면 꼭 학교에 들렀다. 저녁에 아버지는 담임 선생님과의 상담 내용을 전하면서 기뻐하셨다. 큰언니는 대학 진학을 접고 엄마대신 살림을 하면서 어린 동생들을 돌보았다. 다시 아버지가 대전으로 전근오셨다. 아버지는 엄마를 고치려고 무던히도 애를 썼다. 집에서는 늘 한약 냄새가 났다. 지금도 한약 냄새가 나면 어머니 냄새처럼 느껴지곤 했다. 우리는 고등학생인 작은 언니를 경리주임이라고 했다. 언니는 아버지한테 생활비는 물론 학비와 학용품 값을 받아서 우리에게 주었다. 언니는 졸업 후 살림을 하고 큰언니는 한국은행에 취직했다. 자주 제과점 빵과 책을 사왔다. 파스테르나크의 『닥터 지바고』도 그때 읽었다. 월급날에는 동생들에게 새 돈으로 용돈을 주었다. 몸이 아픈 엄마는 가끔 시골로 가서 요양했지만 차도가 없었다.

우리 집은 친척의 왕래가 빈번했다. 일하는 언니가 있었지만 엄마는 힘들었다. 무남독녀로 19살에 시집 와 층층시하에서, 생전 당신의 속내 한번 드러내지 않았던 어머니, 친구도 없이 오로지 어린 자식들에게 온갖 정성을 쏟았다.

아버지가 다시 지방으로 발령이 날 거라고 했다. 어느 날, 아무개의 소개로 우리 집에 젊은 여자가 와서 할머니께 인사를 했다. 작은어머니라고 했다. 큰언니보다 열 살 더 많았다. 언니는 울면서 아버지에게 나이가 어느 정도 맞는 사람을 데려오라고 했지만 되돌릴 수 없었다. 아버지와 그분, 여동생과 막내 규는 D읍으로 내려갔다. 초등학교에 입학한 규가 갑자기 사고로 죽자 엄마의 건강이 극도로 나빠졌다. 몇 해 후

55세를 일기로 엄마는 돌아가셨다.

퇴직을 한 아버지는 사업에 손을 댔다가 실패했다. 딸 셋은 결혼을 했고, 대학 재학 중이던 큰 남동생은 군에 입대했다. 아버지는 협심증으로 58세에 돌아가셨다. 그 와중에 작은어머니는 사기를 당해 집과 재산 모두를 날렸다. 그분은 당신 소생 셋을 데리고 따로 살았다. 그 동생들과 남은 동생들 모두가 고생을 많이 했다.

부모님이 살아계신 사람이 부러웠다. 환갑도 못 살고 돌아가신 부모님. 어렸을 때 우리는 자애로운 아버지 덕에 호강을 했다. 다정다감하고 내성적인 예쁜 우리 엄마는 살벌한 전쟁 속에서 시부모님 봉양하면서 자식들을 굶기지 않으려고 모진 고생을 하며 우리를 지켜주셨다.

벌써 60여 년 전 일이다. 오늘날처럼 의학이 발달했다면 어머니 병을 고쳤을 테고 친정집 가운도 달라졌을 게다. 엄마는 그때 혼자서 얼마나 무섭고 외로우셨을까.

우리 형제들은 엄마한테 받기만 하고 갚지 못한 사랑에 불효를 자책한다. 얼마를 더 머물다 갈지 모르지만 훗날 부모님을 만나면 나는 무슨 말부터 해야 할까.

소소한 행복

눈을 떴다. 집을 떠나온 것에 대한 불안감과 제주라는 곳의 낯섦이 느껴지지 않는 편안하고 상쾌한 아침이다. 손녀가 환하게 웃으며 내가 누워 있는 침상으로 다가왔다.

"할머니, 듣고 싶은 음악 있으세요?"

뜬금없이 무슨 음악인가 하면서도 나도 모르게 곡명을 말하고 있었다.

"Time to say good bye."

손녀는 스마트폰을 검색했고 이내 음악이 흘러나왔다.

17~8년 전, 늦은 밤이었다. 잠이 오지 않아 거실에 나와 TV를 켰다. TV에서는 중년의 낯선 서양인 가수가 노래를 불렀다. 고개를 약간 숙인 채였다. 그는 어떤 제스처도 없이 열창을 했다. 이어서 소프라노 조수미가 나와 듀엣으로 노래를 했다. 노래를 마치자 조수미는 그를 부축

해 들어갔다. 무대에는 어떤 조명도 없었고 객석도 보이지 않았다. '안드레아 보첼리', 그의 내한 공연을 알리는 시간인 듯했다.

'Time to say good bye.'

감미로운 목소리, 감동의 여운이 진하게 내 가슴에 자리했다.

'안드레아 보첼리(1958년생, 이탈리아)'는 6세 때부터 피아노를 배웠고 12세 때 사고로 시력을 잃었다. 그가 장애를 극복한 팝페라 테너 가수임을 뒤늦게 알았다.

이튿날 나는 안드레아 보첼리, 사라 브라이트만, 그리고 루치아노 파바로티 CD를 구입했다. 그 무렵 마란츠 오디오를 장만한지 얼마 되지 않았을 때였다. 나는 매일 음악을 들으며 행복한 나날을 보냈다.

처서가 모레인데도 날씨는 여전히 후텁지근하다. 가족의 여름휴가로 2박 3일 제주도에 왔다. 올 때마다 마음이 푸근하다. 이곳은 아름다운 풍광인데다 음식도 마음에 든다. 특히 나는 아들이 부축하며 잡아주는 손의 감촉이 마냥 좋았다.

사방이 유리로 되어 있는 바닷가 카페 '바다다'에서 높은 의자에 걸터앉았다. 우리는 나란히 앉아 얼음이 담긴 레몬차, 자몽차, 하늘빛 닮은 과일차를 함께 마셨다. 그리고 바닷가로 나갔다. 바다는 파도를 치며 쉼 없이 움직였다. 나는 벤치에 앉아서 무심히 바다를 보았다. 물속에 잠긴 검은 바위에 파도가 부딪히며 하얀 포말을 만들었다. 작은 새 두 마리가 바다 위를 날았다.

파란 하늘에 하얀 구름이 떠 있다. 바람은 장난꾸러기 아이처럼 구름을 흐트러뜨리며 하늘 모양을 수시로 바꾸어놓았다. 손자는 하늘이 참 예쁘다고 말했다. 저마다 보이는 하늘 모습이 마음속에서 다르겠지만, 구름 모양은 오묘하고 예뻤다. 그 예쁜 하늘에 검은 비구름이 낮게 드리웠다. 후드득, 차창에 빗낱이 떨어지는가 싶더니 금세 소나기가 쏟아졌다. 해는 쨍쨍 내리쬐는데 비가 내렸다. 차는 윈도브러시를 하면서 달렸다. 잠시 후 비가 멎었다. 아들과 손자는 교대로 운전을 했다. 오른편 창밖으로 비에 젖은 한라산이 다가왔다. 산 앞자락에 야트막하게 무지개가 떴다. 금상첨화, 우리는 예상치 못한 무지개의 출현에 기쁨이 한껏 고조되었다.

모두 제 위치에서 열심히 사는 가족이다. 40여 일 전, 며느리한테 여름휴가 소식을 듣고 달력에 표시를 하고 기다렸다. 매주 주말마다 아들네서 모여 식사를 하지만, 가족과 여행 와서 온전한 시간을 보내는 게 이토록 행복한 줄 몰랐다. 늘 어린 줄로만 알았던 손자와 손녀가 장소와 음식을 정하고, 어느 새 손자가 커서 아들과 교대로 운전대를 잡는다.

아들이 예약한 서귀포에 있는 음식점에서 저녁 밥상을 받았다. 싱싱한 고등어회와 광어회, 갈치조림 등 풍성한 밥상이다. 맨 끝으로 나온 고등어뼈로 곤 뽀얀 국물은 처음 맛보았다. 국물이 시원했다.

프랑스 격언에 저녁 무지개는 좋은 날씨의 징후라고 했다. 비 걱정 없이 제주공항에서 8시 50분 밤비행기를 탔다. 밤 10시 10분경, 무사히

김포공항에 착륙했다. 기장의 착륙을 알리는 방송이 나오고 이어서 잔잔한 음악이 퍼져나갔다.

'Time to say good bye.'

순간 나와 손녀의 눈이 부딪혔다. 우리는 아침과 밤에 그 음악 하나로 더 행복하다. 행복이 별 것인가 싶다. 누구에게는 거창한 무언가를 이루었을 때이고, 어느 누군가는 작아도 가슴에 남는 추억이 행복일 것이다. 나의 행복은 무엇인지 생각해본다. 좋아하는 음악을 들으며 지나간 날을 추억하고, 사랑하는 가족과 한 공간에서 시간을 보내며, 맛있는 음식을 먹고 새삼 가족 간의 사랑을 확인하는 이 중한 풍경이 나에게는 더 없이 기쁘고 행복하다.

발문

감췄으되, 감춰지지 않은 나날

— 유문자 수필집『장미가 쏟아지는 밤』

한복용/ 수필가, 문학평론가

수필가 유문자는 그의 나이 68세 때인 2007년에 격월간 수필전문지 『에세이스트』를 통해「어머니의 모습」(등단작 제목「어머니 나이 마흔 여덟」)으로 등단했다. 그는 초등학교 교사로 31년간 근무했고 오랜 직장생활에 지쳐 정년을 11년을 앞두고 명예퇴직했다. 비슷한 시기에 퇴직한 교사와 친구들과 함께 국내외 여행을 즐겼다. 그러다가 어느 순간 글이 쓰고 싶어졌다. 1년여 수필 수업에 참여해 습작을 하는 동안 김종완 평론가의 눈에 띄어『에세이스트』신인상을 받았다.

그런 작가가 개인사정으로 붓을 놓았고 그렇게 7년여를 수영과 영어학원을 오가며 시간을 보냈다. 어느 날 갑자기, 다시 수필을 써야겠다는 생각이 자신의 가슴을 두드린 것은 평소 알고 지내던 문우의 책을 읽어보고서였다. 하지만 그것이 계기가 될 수는 있어도 결과가 될 수는 없다. 그의 간절함 없이는 있을 수 없는 일이기 때문이다. 여하튼 그는 긴 공백을 깨고 '문학'으로 다시 돌아왔다. 박수로 크게 환영할 일이다. 작가들은 농담처럼 말한다. 평생토록 공부하며 할 수 있는 활동은 글쓰기밖에 없다고. 필자도 이 말에 동의한다.

유문자 수필을 관통하는 키워드는 '고독孤獨'이다. 고독은 '세상에 홀로 떨어져 있는 듯이 매우 외롭고 쓸쓸함'이라는 사전적 의미를 갖고 있지만, 유문자는 그 고독 안에서 스스로를 다독이는 방법과 그것과 어떻게 호흡하는지를 알고 있는 작가이다. 슬픔과 고독 안에서도 그는 늘 희망을 보려한다. 외로움과 고독에 지쳐 있을 때도 그것을 즐기며 자신과 익숙해지도록 노력한다. 그런 점으로 봤을 때 유문자와 수필은 운명적 만남을 가졌다 해도 과언이 아니다. 글을 쓰고 싶다는 욕망이 다시 생긴 것도 그에게는 운명이었을 것이라 믿는다.

작가는『한국산문』임헌영 교수의 인문학 강의를 1년여 들으면서 글을 쓸 수 있는 자신감을 얻었다. 간혹 합평반에서 수필이 좋아졌다는 문우들의 칭찬에 힘입어 그는 더욱 열심히 달렸다. 유문자는 고희가 한참 지난 나이에 30대의 열정으로 내달렸다.

그에게는 나이는 물론 거리도 시간도 관계되지 않는다. 강의가 있는 날이면 먼 거리를 마다하지 않고 강의실을 찾아다니면서 열성을 쏟았다. 일주일에 3회 새벽 수영을 하면서도 강의시간만큼은 철저히 지켰다. 자신의 글을 읽은 이들의 격려의 말에 어쩌다 얻은 행운이라고 말하지만, 그의 글이 알려지면서 이런저런 잡지사의 청탁이 이어진 것으로 보아 그 말은 겸손함일 뿐이다.

유문자의 수필에는 보통의 수필가들 작품에서 볼 수 있는 개인사가 감춰졌다. 베일을 쓴 듯, 주제를 뒷받침할 수 있는 '무엇'이 분명하게 드러나지 않았다. 대개 수필가들의 첫 수필집은 주로 자신이 살아온 이야기를 담은 작품이 수록된다. 독자들은 그런 글을 읽고 작가의 삶을 이해하고 그의 작품의 흐름을 짐작하게 된다. 그러나 모든 수필이 그렇다는 말은 아니다. 작가 자신이 빠지고도 완벽한 수필 한 편이 완성되기도 하기 때문이다. 다만 유문자의 수필에서는 문장을 통해 직접 실상을 보여주기보다는 행간을 이용해 자신이 하고 싶은 이야기를 끼워넣는 방식을 택했다. 작품과 독자 사이에 얇은 커튼 하나를 쳐둠으로써 그 안의 이야기가 궁금해지도록 단서들을 곳곳에 숨겨놓았다는 이야기다.

작가는 무엇을 숨기고 싶었던 것일까? 그의 베일을 들추고 싶었다. 그는 남들과 다른 글을 써보려고 고민한 작가이다. 자신의 치부일 수도 있는 부분에서는 굳이 그것까지 내비추어야 하나를 두고 망설였다. 작품성을 떠나 이러한 시도를 한다는 자체는 곧 작가정신으로 이어진다. 새로운 시도는 작가의 고집이 아니고서는 이룰 수 없다. 이처럼 유문자의 창의적 레토릭은 그만의 창작법이다.

이번 발문은 작가를 응원하고 그의 작품세계를 애정어린 시선으로 봐온 문우의 한 사람으로서 의미가 크다.

●

유문자의 수필 중 작가의 외로움이 잘 드러나는 작품들로, 표제작인 「장미가 쏟아지는 밤」을 비롯해 「팡파르가 울리는 집」, 「고수를 만나다」, 「칼 가는 노인」, 「순풍에 돛단 듯이」가 그렇고, 소설 같은 수필 「겨울철새」와 「사람이 무섭다」 등이 그러하다. 유문자 작가의 고유색이 드러난 작품들 중 그의 표제작을 먼저 읽어보고 나머지 작품도 살펴보도록 한다.

나는 「장미가 쏟아지는 밤」을 작가의 고독이 가장 잘 드러난 작품 중 하나로 보았다.

얼마 전 이사 온 아파트 거실 창이 허전하여 작가는 사오 년 전 매듭사로 짠 커튼을 달기로 한다.

뜨개질을 할 때 그의 집중력은 하루에 세 단씩만 짜기로 한 처음 자신과의 약속을 어길 정도로 대단하다. 그런 그가 6개월 만에 장미넝쿨 무늬가 실린 커튼 한 쪽을 짜내는 데 성공했다 하니 통유리의 크기도 짐작이 간다. 긴 시간을 거쳐 완성한 한 쪽 커튼을 달아놓고 나머지 한 쪽을 메우기에는 그의 체력과 인내가 더 이상 뒷받침되지 않았다. 보름쯤 쉬다가 속도를 살려 나머지 커튼을 짜기에 이르렀다. 신통방통하게도 석 달을 걸려 다른 쪽도 완성이 되었다. 자신이 완성한 커튼을 바라볼 때마다 그는 흐뭇하다. 잠이 오지 않을 때는 거실로 나와 불을 끈 채, 야경을 바라보며 통유리를 덮고 있는 장미넝쿨을 감상했다. 거실 창 가득 장미넝쿨로 채워졌고 달빛을 받은 거실에도 장미는 피어났다. 창을 열었을 때, 바람결을 따라 흔들리는 장미넝쿨은 환상적이었다.

작가는 어느 날 장미 커튼을 바라보다가 "잠결인 듯 꿈결인 듯" 장미의 황홀함과 마주한다. "손바닥에 있는 장미를 잡으려고 손을 오므렸다. 꽃은 손가락으로 옮겨 앉으며 꽃잎을 흔들었다. (…) 내 하얀 잠옷에도 온통 장미넝쿨이 감겼다. (…) 파르르 흔들리며 가슴으로 뻗어오른 장미넝쿨, (…) 잠옷자락을 털었다. (…) 창백한 넋 한 방울이 툭, 장미 꽃잎을 적셨다. (…) 내 눈물이었다." 그 눈물은 작가의 볼을 타고 흘러내렸다. "달빛이 아름다워 더욱 슬픈 밤이었다"고 작가는 말하지만, 엄밀히 말해 작가는 그날 밤 외로움에 온통 빠져, 그것을 꿈으로 연결시킨 것이었다. 프로이트에 의하면 꿈은 현실과 함께 존재한다고 했다. 하여 일상이 꿈에 연결되기도 하고 꿈이 현실로 이어지기도 한다는 것이다. 자녀들을 성가시키고 혼자가 된 그가 홀로 생활하며 알게 모르게 외로웠기에 장미가 수놓인 커튼을 보다가 잠들어 눈물을 흘리는 꿈을 꿨고 깨어나서도 그렇게 서러웠던 것이다.

하지만 작가는 그곳에 마냥 멈춰 있지 않는다. 슬픔을 이해하기 위해 다시 뜨개질을 계획한다. "이것 또한 지나가리라." 솔로몬의 지혜를 자신의 마음을 다스리는 글로 여기며 이 글씨를 넣어 커튼을 짤 구상을 한다. 그가 수필을 쓰는 행위도 이와 같지 않을까. 글을 씀으로써 자신의 마음과 정신을 단련시키는 것이다. 글을 쓴다는 것은, 특히 수필을 쓴다는 것은 나를 돌아보는 행위요, 나의 사고를 살찌우는 행위이며 그럼으로써 나를 성장시키는 수행이기도 하다. 자신이 쓴 수필에서 스스로 안정을 찾고 치유에 이르기도 하기 때문이다.

유문자는 결벽에 가까운 사람이다. 그의 수필도 마찬가지다. 그의 외모는 물론, 그가 하는 생각에 이르기까지 그러하다. 그렇다보니 그가 정한 '정도'에서 벗어나는 일은 용납되지 않는다. 수필 작품이 작가를 그대로 드러내는 장르라고 본다면 유문자의 작품은 '왜?'가 빠졌다. 그러나 눈 밝은 독자라면 그 왜를 발견할 수 있을 것이다. 작가는 꿈속으로 들어가 장미넝쿨을 안음으로써 "창백한 넋 한 방울이 툭, 장미 꽃잎을 적셨다"로 외로움과 고독을 끄집어내기에 이른다. 이 한 줄의 함의를 찾아내는 일은 중요하다. 그는 감춤으로써 감추지 않는 기법을 사용했는데, "창백한 넋 한 방울"은 그의 눈물이었다. "잠결인 듯 꿈결인 듯"은 그의 고독의 상태를 보여주는 장치로 보여진다.

유문자의 작품 중 고독이 드러나는 또 다른 작품으로 「팡파르가 울리는 집」이 있다.

이 작품은 진딧물로 말썽을 부리는 고추나무를 아파트 화단으로 내놓았다가, 튼실해지자 다시 집안으로 들일 때 고추나무에 붙어 따라들어온 귀뚜라미를 소재로 삼았다. 귀뚜라미 울음소리로 외로움을 달래는 작가의 심경이 잘 드러난 작품이다.

친구와 마신 와인 한 잔으로 취기가 오른 작가는 집으로 가는 길이 그날 따라 쓸쓸하다. 술을 핑계 삼아 발걸음을 최대한 느리게 뗀다. "아파트 창으로 흘러나오는" 따스하고 정겨운 불빛이 그의 발걸음을 더욱 무겁게 한다. "옥수수 알갱이가 듬성듬성 빠진 듯 불 꺼진 창을" 눈으로 더듬어 세어볼 때가 가장 싫다는 작가는 "아무도 없다는 저 쓸쓸한 부재의 신호"를 건너다보며 "나를 반기며 문을 열어주는 누군가가 있었으면 좋겠다"고 독백한다.

현관문을 열었을 때 믿기지 않게도 집안이 환해지며 팡파르가 울려 퍼졌다. "은쟁반에 옥구슬 구르는 듯 청아하고 리드미컬한 팡파르가 어스름한 베란다 저쪽에서" 들리는 것을 알고 있는 작가는 "아! 저녀석, 녀석이 있었구나" 인식하며 눈물을 흘린다. "혼자 지낸 세월이 하루이틀도 아니건만, 때때로 이런 기분이 드는 것은 나조차도 어쩌지 못하겠다"는 작가는 드디어 "이제 나는 혼자가 아니다"로 작품을 마무리한다.

가족이 함께하면 좋겠으나 요즘은 혼자 사는 이들이 많아졌다. 어차피 혼자 살 거라면 나름의 즐길거리와 대화 상대를 찾아야 한다. 그 대상이 음악과 미술 감상, 독서와 글쓰기라면 좋을 것이다. 건강이 허락되고 여유가 따라준다면 여행만한 것도 없다. 언제부터였는지 모르겠으나 작가에게는 혼잣말이 익숙하다. 그의 작품에서 자주 만나는 부분이기도 하다.

이렇듯 유문자에게는 고독을 즐기며 바라볼 수 있다는 여유가 존재한다. 자연의 한 장면과 어울리며 함께한다는 것이야말로 작가에게 중요한 덕목이 아니겠는가. 한갓 미물에게까지 말을 거는 작가에게서 솔로족이 즐겁게 살아가는 방법 하나를 경험하게 된다. 그밖에도 친척이 보낸 보리쌀에서 나온 벌레를 없애는 과정에서 마지막 남은 나방을 남겨둠으로써 '나방'과 '나'를 동일시한 작품 「나방」, 홍시를 쪼아먹는 참새를 보며 그들도 나름의 규칙이 있음을 발견했다는 「참새와 홍시」, 하수구에서 세력을 넓혀가는 식물 「달개비꽃」에서도 그의 혼잣말을 찾아볼 수 있다.

작가의 안목과 그의 시각으로 대상을 바라볼 수 있다는 것은 다분히 작가적이다. 모든 생명을 인간과 나란히 놓을 수 있었던 것은 유문자의 상상력이 가져온 결과이다. 친구들과 어울려 맛있는 집을 찾아다니고 노인정에서 화투장을 만지고 있었다면 그에게 이런 시간은 없었을 것이다. 가족과 어울려도 마찬가지다. 나는 신의 존재를 믿지 않는다. 만약 신이 있어 인간의 일생을 계획한 것이라면 이보다 공평한 것이 또 있겠는가. 하나를 잃으면 반드시 한 가지가 따라온다는 진리 아닌 진리, 나는 그것을 믿고 싶다.

「칼 가는 노인」은 『한국산문』 8월호 월평에서 필자가 다뤘던 작품이다. 여의도에서 칼을 가는 92세 장인이 주인공인 이야기다. 국제적인 금융지역으로 발돋움하는 여의도에서 칼을 가는 노인은 존재 자체가 생경할 수 있으나 공동주택이 밀집해 있는 그곳에서는 그런 직업도 필요하다.

노인은 매일 오전 열 시 반 정도에 여의도로 출근해 저녁까지 칼을 간다. 작가가 그것을 알 수 있었던 것은 여의도에 사는 친구를 방문하면서부터이다. 그날 친구는 "칼 갈아요" 외침을 듣고 집에 있는 칼을 모두 들고 나갔다. 이 작품에서 노인이 칼 가는 장면은 마치 영화 한 컷을 보듯 선명하게 묘사했다. "왼손으로 칼자루를 쥐고 오른손가락으로 칼등을 잡은 채 삭삭, 춤사위를 펼쳤다. 주름투성이 손이 힘주어 밀고 당기며 리듬을 타는가 싶더니 점점 움직임이 빨라졌다. 뿌연 숫돌물이 걸쭉하게 흘러내렸다. 거리를 두고 서 있는데도 쇳내가 코끝을 간질이는 것만 같았다. 잠시 손놀림을 멈춘 노인은 물 한 움큼을 떠서 칼날에 흘렸다. 이번에는 반대쪽으로 옮겨 잡아 같은 행위를 반복했다."

그날 따라 손님이 많았다. 친구는 노인의 안내대로 능숙하게 돌멩이를 찾아 동, 호수를 땅바닥에 적어놓고 다시 집으로 들어갔다. 점심시간이 지나 노인이 칼을 들고 왔다. 정이 많은 친구는 노인에게 점심을 차려주었고 노인은 친구가 내온 커피를 마시며 자신의 사연을 이야기했다. 조실부모하고 머슴살이 하다가 장가들었다. 마흔 넘어 손바닥만 한 농토에서 농사짓다가 아내와 사별한 뒤 아들 내외 따라 경기도 원당으로 왔다.

학벌이 없는 아들이 공사장 인부로 일하는 것이 안쓰러워 노인은 자신이 가장 잘할 수 있는 직업을 궁리하다가 칼 가는 일을 생각해냈다. 젊었을 때 눈만 뜨면 낫을 갈아 꼴을 베었으니 칼 가는 일이야말로 자신 있게 할 수 있는 일이었다. 그렇게 시작한 일이 20년을 넘어섰고 며느리에게 다달이 백만 원씩 주고 있다. 칼 열 개 공임은 2만 원. 노인은 주머니에서 2천 원을 꺼내 밥값이라며 친구에게 주었다. 그는 남의 신세를 지기 싫어하는 사람이다.

세상은 흐른다. 샤프너라고 불리는 다양한 칼갈이 기구들이 등장하면서 사라질 것 같았던 숫돌이 다시 인기를 끌고 있다. 샤프너가 디지털 감성이라면 숫돌은 아날로그 감성이다. 칼은 숫돌에 갈아야 완벽하다. 하지만 누구나 할 수 있는 일은 아니다. 숫돌에 칼을 가는 일이야말로 다른 차원의 기술이며 사람에 따라 천차만별의 결과가 나온다. 그래서 장인이 존재하는 것이다. 숫돌이 칼을 날카롭게 하는 게 아니라 장인의 아날로그 감성과 기술이 칼을 더욱 예리하고 날카롭게 한다. 그래서 여의도의 그 장인은 이렇게 말할 수 있는 것이다.

"하하하, 나보다 칼 잘 가는 사람 있음 나와보라고 해."

노인은 칼 가는 일로써 해탈의 경지에까지 이른다. 닳아진 숫돌의 깊이만큼 또 닳아서 버린 숫돌의 숫자만큼 시간을 보내며 그 노인은 장인이 되었을 것이다. 그러나 노인의 이런 긍지를 읽으면 슬픔이 따라온다. 저 노인은 자식에게 얹히지 않으려 얼마나 많은 칼을 갈았을까? 본래 칼을 간다는 말은 복수를 준비한다는 의미를 상징하는데 노인의 칼 가는 행위는 무척이나 숭고하다. 90세가 넘은 나이에도 자식에게 가지는 미안한 감정을 조금이라도 덜어내보려 하기 때문이다. "하하하, 나보다 칼 잘 가는 사람 있음 나와 보라고 해." 노인의 자신감 넘치는 웃음소리에 숨어 있을 한恨을 생각한다. 겉으로는 웃지만 속으로는 그의 살아온 시절을 떠올리며 눈물을 흘리지 않을까 상상하게 한다.

「백세리」는 작가가 TV를 통해 천안에 있는 배나무 '백세리'를 보며 그 나무의 자료를 찾고 직접 그곳을 방문해 배나무와 만나는 이야기로 시작된다. 이 수필의 백미는 배나무가 작가에게 자신의 신세를 한탄하는 부분이다. 폭풍우를 이겨냈고 땅속에 뿌리를 내리면서 꽃을 피웠던 백세리는 "곁을 지나는 누구에게라도 그늘을 내주었지만, 한 잎 한 잎 다시 떨어져야 하는 고독한 존재였다"고 고백한다. 「백세리」는 자연의 순환으로만 읽을 수 없는 글이다. 유문자는 배나무를 통해 그의 고독을 암시하기 때문이다. 백세리는 애절한 나목裸木이 되어 긴 겨울을 견디며 봄을 기다렸지만 온갖 고통을 겪어내야 했다. 세월 앞에는 장사가 없다. 백세리의 몸에 저승꽃이 피고 여기저기 옹이도 보인다. 그는 자신의 나이에서 백을 떼어내고 세 살이길 고집한다. 그리고 그의 존재감에 대해 생각하기에 이른다. 얼마 안 있어 가지마다 겹겹이 꽃날개를 활짝 폈고 "나비와 벌이 화사한 꽃그늘에 숨으며 절정에 이르렀다. 폭풍으로 꽃의 시간은 순간이었지만 꽃의 생이 짧았기에 더욱 애절함으로 비친다.

유문자는 폭풍이 있었기에 튼튼해졌고, 실패가 있었기에 겸손을 배웠으며 눈물이 있었기에 진정한 행복이 무엇인지 알았다고 술회한다. 그의 고백처럼 포기하지 않고 여기까지 온 작가가 존경스럽다.

「규야, 잘가」는 「어머니의 모습은」과 「내가 기억하는 것들」, 「울음」과 함께 작가가 아프게 털어놓은 작품들로 가족의 모습을 그렸다. 수필의 기능이 치유를 목적으로 한다는 말에 동의하는 한 사람으로서 유문자의 수필집에서 이런 시도는 반갑기만 하다. 작가는 작품을 쓰면서 바닥의 순간까지 모두 기억해내야 한다. 어설프게 감추고 남겨두면 온전한 치유가 될 수 없기에 기억을 최대로 더듬어내야 하는 것이다. 여기에서 '온전하다'는 것에 어폐가 있을 수 있겠으나 그 정도로 바닥을 치고 나서야 작품이 제 모습을 드러낸다는 말이 되겠다.

작가가 모든 것을 드러내 밝힌다 해도 한번 겪은 트라우마는 순간순간 아프게 기억을 건드리며 튀어나온다. 그러니 수필로 고통 모두를 씻어낼 수는 없다. 할 수 있는 최대한의 아픔을 건드림으로써 그 아픔으로부터 조금씩이라도 벗어나자는 말이다. 독자는 그런 글에 감동하여 위로를 받고, 비슷한 상황의 독자라면 작가의 글을 통해 벗어나는 방법을 체득하여 자신이 나아가야 할 방향을 찾을 수 있을 것이다. 감동 있는 글에서 그 작가의 사생활이나 짐작하고 책을 덮어버리는 독자는 없다.

위에 설명으로 비추어볼 때 「규야, 잘가」는 작가가 가장 어린 나이에 맞닥뜨린 죽음에 대한 충격이다. 한참 예민한 시기의 충격은 그대로 몸에 흡수된다. 그것을 털어내거나 벗어버리는 방법을 찾지 못하고 그대로 기억 속에 침잠시킨다. 그것은 비슷한 상황에 처했을 때 바로 아픔으로 튀어나온다. 가장 사랑하는 동생의 죽음이라면 더더욱 그러하다.

'규'는 작가의 남동생이다. 어머니는 편찮으시고 아버지는 지방으로 발령이 난다. 이때 아버지는 젊은 여성을 데려오는데, 그가 작은어머니

임을 알게 된다. 아버지와 그 여성을 따라 규와 여동생이 함께 갔는데, 얼마 안 되어, 규는 집 욕조에서 주검으로 발견된다. 워낙 몸이 약하기도 했지만 동생 규를 그리 쉽게 잃을 줄 아무도 몰랐다.

“모든 것은 지나간다. 애통한 세월도 흘러갔다. 규가 가고 몇 년 후, 늘 편찮으셨던 어머니가 돌아가셨고 3년 후에 아버지도 가셨다. 마흔 중반의 작은 언니도 병을 이기지 못하고 떠났다. 그렇게 사랑하던 사람들이 하나둘 내 곁에서 사라졌다. 젖지 않고 가는 삶이 없다고, 우리는 바람에 벼려지고 비에 젖으며 슬픔에 젖어 살아간다.” 작가는 “이제는 죽음이 낯설지 않다”고 한다. 그의 말대로 “죽음과 삶은 한 고리로 이어져 지척”이다. 죽음도 삶의 일부라고 했던 관여 맹난자 선생의 말씀이 내 옆구리를 친다.

‘규’는 소쩍새로 한번, 고아원 운동장에서 자신의 옷을 입은 아이의 모습으로 한번 더 나타나 가족들에게 마지막 인사를 하고 떠난다. 작가는 소쩍새가 날아간 쪽을 바라보며 오랫동안 서 있다. “그날 규를 보낸 그 마음 그대로 나는 규를 마음 안에 끌어안고 여직 살아왔다. 보내지 않으니 가지 않았나 싶어 (이제라도) 나는 규를 보내주기로 했다.”

이별은 또 하나의 고독을 남겨두고 떠난다. 앞서 말했듯 유문자는 고독을 통해 희망을 보는 작가이다. 평생을 안고 보내지 아니한 동생을 떠나보내며 작가는 성장했다. 당시 차마 입 밖으로 내지 못한 동생 향한 슬픈 마음을 작가가 되어 「규야, 잘가」라는 노랫말을 붙여 한 곡조 애절하게 뽑아냈다. 이것이 문학이 주는 힘이 아닌가 한다.

어머니의 불행하기만 했던 삶을 그린 「어머니의 모습은」과 작가의 기억으로 소환된 가족의 내력이 잘 드러난 작품 「내가 기억하는 것들」, 작가가 가장 어려웠을 때 딸아이가 다쳐 병원에 간 이야기로, 지금까지 가슴에 숨겨놓았던 기억을 적은 「울음」도 유문자로선 「규야, 잘가」와 함께 어렵게 꺼내놓은 작품들이다.

「고수를 만나다」는 유문자 작가를 대변하는 글이다. 유문자는 시바타 도요를 인생의 롤모델로 삼는다. "사람은 어차피 다 혼자야"라는 시구詩句에 발목이 잡혀 이 글을 쓰게 된다. 도요는 99세에 첫 시집 『약해지지마』를 출간한 일본의 할머니 시인이다. 유문자는 도요의 시를 읽었고 그의 나이를 보았을 테고, 그 나이에도 삶은 계속된다는 것을 깨달았다. 난방관에 문제가 생겨 수리를 요청해놨었는데 하필 도요와 대화가 한창일 때 그가 방문했다. 심통이 났지만 도요의 시 한 대목으로 마음을 누그러뜨린다. 늙수그레한 남자는 차림이 깔끔하고 말수가 적었다. 시집을 덮어두고 그의 잔심부름을 하려했지만 어떤 도움도 필요없다는 듯 자질구레한 것까지 스스로 해결했다.

그의 마무리를 보고 처음과 달리 작가는 감탄한다. "역시 고수는 번잡스럽지 않다"며 시바타 도요와 함께 남자를 고수 자리로 옮겨놓는다. 고수高手는 "어떤 분야나 집단에서 기술이나 능력이 매우 뛰어난 사람"을 뜻한다. 그러니 유문자의 롤모델이 시바타 도요인 것은 당연하다. 그가 문학을 하는 사람이니 더더욱 그러하다. 여기에 배관수리공은 어했나. 잘난 체하지 않고 말수도 적으며 겸손하기까지 하다. 유문자는 그들을 보면서 자신도 '고수'를 꿈꿨던 것인지도 모르겠다.

그밖에 유문자 수필집에서 소설적인 수필을 만난 것은 행운이었다. 「겨울철새」와 「사람이 무섭다」가 그것이다. 「겨울철새」는 평생 생선을 파는 여인이 주인공으로 등장한다. 작가는 여인의 대답을 이끌어내고 여인은 자신의 이야기를 한 편의 소설처럼 작가에게 풀어낸다. 이 글에서는 세상을 따뜻하게 바라보자는 작가의 바람과 선입견 없이 소통이 가능한 사회를 꿈꾼다는 그의 주장이 들어 있다.

「사람이 무섭다」는 사업에 실패한 친구가 한적한 시골로 내려가 생활할 때의 이야기를 담았다. 작가는 글의 말미에 잠깐 등장한다. 이 글은 세상이 아무리 각박해도 살맛나는 세상은 사람이 함께하는 곳이 아닐까를 되새기게 한다. 간혹 무섭고 끔찍한 상상을 하면서도 사람을 믿고 보는 친구와, 그런 친구를 바라보는 작가의 시선이 따뜻하게 다가온다. 화자인 친구의 심리가 여실히 드러나는 대목에서 한 사람의 삶의 지혜를 엿볼 수 있었다.

21세기를 두고 '수필의 시대'라고 한다. 이는 수필가와 수필잡지의 증가나 발표되는 수필의 작품 수를 말함이 아니다. 다양한 수필, 즉 정통 수필에 머물지 않고 실험적 수필과 사회참여적 수필, 철학과 역사가 함께하는 수필 등 다양한 시도가 이뤄져야 한다는 희망사항이 담겨진 말로 해석된다. 유문자의 수필에서 이 중 몇몇이 발견된 점은 반가운 일이었다. 치열한 작품 활동으로 여기에 대표될 수 있는 작가로 성장하리라 기대한다.

괴테가 『이탈리아 기행』에서 말하기를 "누구 한 사람 아는 사람이 없는 군중 속을 헤치고 갈 때만큼 심하게 고독을 느낄 때는 없다"고 했는데 사실 우리 인생 자체가 그런 고독의 여정 아니겠는가. 고독은 감추어도 드러난다. 유문자 역시 고독을 감추었다. 그러나 아무리 꼭꼭 숨어도 머리카락이 보이듯 독자에게는 그의 고독이 보인다. 지나온 날에 대한 그리움이 묻어난 채 보인다. 그 고독에 공감하는 독자들에게 유문자는 더욱 가까이 다가가지 않을까 싶다. 유문자는 그런 독자들의 고독을 어루만지고 위로한다.

문학이 인간을 어루만진다는 점으로 볼 때, 수필이 거기에 가장 가깝다고 본다. 유문자 수필에는 위로가 있고 응원이 있고 작가나 독자를 단단하게 키울 수 있는 용기의 방법도 함께 들어 있다. 이런 것들로 볼 때 유문자 수필집은 '감췄으되, 감춰지지 않은 나날'로 정리할 수 있겠다.

유문자 수필집
장미가 쏟아지는 밤

지은이_ 유문자
펴낸이_ 조현석
펴낸곳_ 북인
디자인_ 푸른영토

1판 1쇄_ 2019년 10월 31일
출판등록번호_ 313 - 2004 - 000111
주소_ 121 - 842 서울 마포구 서교동 467 - 4, 301호
전화_ 02 - 323 - 7767
팩스_ 02 - 323 - 7845

ISBN 979-11-87413-63-9 03810
© 유문자, 2019

이 도서의 국립중앙도서관 출판예정도서목록(CIP)은 서지정보유통지원시스템 홈페이지(http://seoji.nl.go.kr)와 국가자료종합목록시스템(http://www.nl.go.kr/kolisnet)에서 이용하실 수 있습니다. (CIP제어번호 : CIP2019040909)

책값은 뒤표지에 있습니다.
저자와 협의 아래 인지를 생략합니다.

이 책의 글과 그림에 관한 저작권은 저자와 출판사에 있습니다.
저자 허락과 출판사 동의 없이 내용의 일부를 인용, 발췌를 금합니다.